演藝之城

陳苑珊——著

三民書局

推薦序

致陳苑珊函兼《演藝之城》序

苑珊：

第一次看你的小說，是數年前某機構的年度小說獎評選工作，一堆入圍書中有你的《愚木》短篇小說集。看後雖不至驚為天人，卻覺得你一手創出繽紛世界，語言有鮮味汁液，給人樂趣無窮。是的，就是pleasure。當時我想，作者的觀察力很強，多元題材順手拈來而豐盛，如果我能這樣寫就好了。

《愚木》短篇小說集那次雖沒勝出，卻在二〇一七年香港中文文學雙年獎獲得小說組推薦獎，正是失之東隅，收之桑榆。更可喜的是藉著前者的因緣，讓我有機會後來在你另一本短篇小說集《肺像》的新書發布會上，跟你對談，方知你為了寫那書，在首爾閉關一年，專心寫作；於是我又想，如果我能這樣做就好了。

之後我們又幾次在文學活動上對談。有次是出版社在香港書展，為拙作《山上來的人》新版舉辦講座，你是嘉賓講者。快開始時你說很渴，又忘記帶水，我說會展樓上有餐廳，或有賣水。你說外面就有書展工作人員櫃臺，應可「揿」到瓶水回來。我覺得這港式粵語獨有的「揿」字，你用得真妙。至於你有否去纏著人家「揿」水則不得而知，但不久就空手而回。雖渴著上臺，卻不妨礙你念念分明、氣定神閒地參與個多小時的討論。之後，你就告訴我，正在寫人生首部長篇小說去參加臺灣的比賽，就是《演藝之城》。

關於長篇小說，容我打岔講幾句題外話。六、七十年代，香港學生流行看《讀者文摘》中文版，老師都說中文翻得好，我們小學時就跟著人看，中文好不好不知道，但裡面的笑話確很好笑。又記得有篇短文教人善用時間，主旨是日常生活總要排隊等這等那，等巴士、等朋友、等小孩放學、等看醫生之類，作者說他幾年間就用這些散斷的時間，看完了《戰爭與和平》！

我並無大志要創出爭分奪秒啃小說的壯舉，倒是後來斷續看了些長篇，像大學時因上課而必看的《魔山》、《布登勃洛克家族》、《卡拉馬助夫兄弟們》和《罪與罰》，日本文學那邊必讀的川端康成和三島由紀夫，還有英法某些長篇。那時敝大學仍遵英式導修制，每星期得上幾節不同的小組導修，每周要看的小說疊起來，足有六、七吋高，怎可能看完？也絕不會有同學是全部看完才上導修去的，能記住重點章節就不錯。於是五、六個同學擠在陸佑堂上面本部大樓的導師小房間，屏息定氣，伺機行事；運氣好的話，抓到個點子發揮發揮就應付過去。

幸好大學有長假期，可以追進度。我們住的是十多個同學在外合租的地方，這種宿舍散落港島般含道和西環一帶，謂之「迷你舍堂」(mini halls)。每逢寒假，堂友都回家或玩去，我就盤坐在三層的鐵床上看長篇小說，印象最深是《罪與罰》和《魔山》。一個做典當生意、專門剝削聖彼得堡大都市底層貧苦大學生的惡毒老女人，難道不該給亂斧砍死？一群長年住在瑞士山上療養院等死的中產肺結核病人，各自如何成長、幻滅和消亡？在空冷的房間，天昏地暗讀至卷終，有洗滌過的感覺，生命也略移了位。唸哲學的師兄說，是啊，這就是讀經典的感覺，我們讀得遠遠不夠。

說回《演藝之城》。初看像是《一九八四》般的政治比喻，但你說緣起其實是某天在銅鑼灣時代廣場經過香水專櫃，推銷員落力解釋不同香氣如何刺激人腦神經，生起各種情緒反應；於是出現了小說開首的甚麼室、甚麼樓，專門磨練演藝學生的每個感官，小說也從這起點向四方舒展，衍生。你又說雖然書中沒有直寫當權者，但演藝之城中，人人一生早被全盤操控，至老再給送去磚山的所謂榮休堂，面對出人意表的悲慘結局。最近重看《愚木》，發現政治命題於你其實並非新事，像同名單篇〈愚木〉、〈非黑即白〉與〈琵琶和結他〉，多少都涉及官僚體制扭曲文化以至人際間相互操控。我不認為你會為探討政治命題而寫小說，但政治與權謀如是兩條苦纏眾生的索帶，在你的作品裡也不會缺席。

一如你以往的作品，《演藝之城》全盤布局細密有致，思慮周詳，層層揭開男主角淳的天生幸運和自選的不幸。其實早於第二章，淳的父親已一語道破，淳身為演藝世家的獨子，兼是社會和學校重點培養的明日之星，他理應感激流涕之情：「世上種子無數，有人看中你這一顆，天天為你澆水施肥，冀盼你長成燦爛的樣子，那是一件多麼難得的事。受過恩，接過福，你總不會說：『我不喜歡自己開花的樣子！』你不順種花者之意乖乖開花的話，也許只會淪為比雜草枯枝更不如的東西。你不會想這樣。」但如果種子想這樣呢？人的自由意志，讓不讓選擇不幸？准不准拒絕施恩者澆水施肥？如果《罪與罰》問的是，人可不可以替天行道，淳問的就是，人可不可以逆「天」而行。

全書我最喜歡的，很奇怪，是跟老爸寄居在曼瑤劇院下面、不見天日之雜物倉庫內的貝貝，可惜你為她著墨不多，但這父女倆的可塑性和地庫場景，給我很大想像空間。日後願再跟你對談小說，包括近年閱讀的其他長篇：深沉的、茂密的、瘋狂的，又以瘋狂的最好。

《演藝之城》今次在臺出版，除了建立臺灣讀者群，也希望港人能藉此多讀你的作品，享受你的文字妙趣。

伍淑賢

二〇二二年十月　香港

藝文界好評

讀陳苑珊這部小說時，我的腦海裡浮現出美國著名社會學家帕克(Robert Ezra Park)說的話：

「人」(Person)這個詞的第一個意義是一種面具(mask)，這也許並不是歷史的偶然。相反，它只是這樣一種事實的認可：無論何時何地，一個人總是或多或少地意識到他(她)在扮演著一種角色……我們都正是在這些角色中彼此了解的，也正是在這些角色中認識自我的……只要這種面具代表著我們已經形成的自我概念，即代表著我們力圖充分體現的角色，那麼，這種面具便是我們的更真實的自我，即我們所希望努力達到的自我。

戲如人生，抑或人生如戲？我記得入讀戲劇學院時常常跟老師和同學爭論有關「戲劇是甚麼」甚至「戲劇可以是甚麼」這些問題。奈何經過歲月洗禮，有一定人生的經歷之後，發現人生實在比戲劇更加複雜，戲劇卻成為了一個「手段」，成為了安排實現自己欲望的「藍本」。

帶著「假面」的你，有沒有跟劇本去做好自己的角色？

我們要如何才能扮演好自己的角色？

狄德羅認為演員太投入角色的話會太傷身，所以提倡演員不需要「活在」角色之中，應該抽離一點，理性一點，「演出」其角色就可以了。戲曲的演員都是「既入且出」，用第三隻眼觀照自己的「表演」，正是留一半清醒，亦留一半醉。

苑珊想像力豐富，引人入勝的故事絕對能夠引發我們的共鳴，我們每一個都適合閱讀這部作品，因為正如莎士比亞說：

世界是座舞台，
所有男女都只是演員，
各有其出場和入場；
每個人皆扮演許多角色……

劇場導演／陳恆輝

有人說，現實已比荒誕小說更離奇，如何以小說反映現實呢？陳苑珊的第一部長篇小說，則顯示了其以小說刺破紛亂現實的決心。在《演藝之城》中，她以細緻寫實的筆力，建構出極具想像力的荒謬世界，恍如給讀者第三隻眼睛，讓人看清，藏在現實裡的另一層現實。

作家／韓麗珠

（以上依姓氏筆畫排序）

目次

第一章　受　命

即使他看起來無所事事，
也不過是因為他於目前的劇本中，
正好當一名無所事事的角色

他這四個月不得不盡力當一名為了保家衛城而斷了左腿的青年軍。

表演科的崔主任一邊整理碎花領巾，一邊厲咳數聲，按學號呼召同學上前，接取新一期的學校劇本。淳不意外又被委以男主角之名，只是當他瞥見「斷了左腿」這血淋淋的形容時，頓覺雙膝的裡裡外外激烈地抽搐了一下，幾乎踢響書桌。

全班略覽劇本後，二話不說逕自往被分配的場所練習。當中難免有人暗暗好奇，誰的崗位在哪，誰跟誰的對手戲屬保密特訓等，惟他們顧忌的絕非崔主任的督令，而是自小信守的校訓之一：「劇本對白以外的話，不進耳，不出口。」劇本到手，角色上身，還閒聊甚麼？

同學各散東西，班房裡唯淳未撤。

他當然慢，斷了左腿的人能走多快？肩起背包，推回椅子，淳一站身便把體重悉數傾卸至右腿，連人帶包歪著拐步，顛簸得使口袋中的零錢嘩嘩叫苦。

「右鞋子這回準要蝕爛了。」跌跌碰碰免不了撞到書桌和房門，可憐淳要爬的不只班房外的遙遙長廊，還有通往中央精英藝館的那五個街口！誰叫他照例獲校方關照，特邀藝館的專師為他另設訓練，精益求精？藝館的大門可不是一般人允進，還是硬著頭皮——和腳皮——拖身赴課吧！

沿長廊行，淳不僅絲毫沒省掉右腿的勁力，還藉延緩的步伐，觀摩旁邊課室中的動靜。

鏡子室以鏡代牆，同學的人數總映出多倍的影子。「鏡影是最佳的觀眾。」校訓道，於是肉體時而疾衝，時而退卻，考驗鏡影的反應。你在意它，它便在意你；你漠視它，它只好默伴在旁，忠心不離。同學試著撲捕他人的鏡影，但不觸其身，或使自身多重的鏡影交疊連線，舞得肢體千形百狀。淳按捺著肌肉和神經，硬邦邦的墜步而過。

鏡子室旁的地板室是名副其實的腳臭室，多少明星校友曾裸足磨破這木地板呢！不只畢業生，舉凡入校的初級生一律得跟這片深棕木紋纏個你死我活，走步課必修，不及格不升班。淳從外盯著一串高矮各異的個子昂首張胸，他們雙肩垂平，以伸拉脖子；步速不促不徐，落地時先腳跟，後腳趾，保持腳掌弓起的流線，以拿捏腳底和地板之間的頂撐——還要吸附左鄰右里的腳臭。

「地板是演員最好的朋友。」淳不到五歲時，已聽爸爸如此早晚善誘。滾曲呀，蜷動呀，伏躺呀，跪拜呀，蹦跳呀……哪有一樣不是跟地板合作相承？如果腳掌能生出後天的紋理，那一定跟地板的木紋吻合無異。聽著地板室裡「噠噠隆隆」，淳實在牽念脫鞋飛騰的瀟灑，無奈他的左腿被一紙判了禁令，不廢不成戲，就當跛子步屬走步課的深造題吧！

平常從校園到藝館，走十分鐘準不遲。現在雙腿欠一，時間就難以說定。偏偏光是一個上午，淳的體力已耗得所餘無幾。「沒氣沒力的不是好演員。」淳每感肚餓，便會這樣開解自己，好讓吃飯不至於是一件縱慾分神的壞事。

他決定往失志樓速吃幾口。

失志樓雖說是樓，可除了地面的收銀臺外，待客的地方通通收於樓梯下的地下室——畢竟是失志之客嘛，總不合於光天化日下嚐菜。木訥無神的服務員一襲貼身啞黑的衣褲，於門口甫見淳斜抖抖地臨近，即轉身下梯領路，攙扶問候可免。意料之內，淳被安置在一間狹窄昏霉的廂房中，只一桌一椅，空氣凝實得使人差點闖不進。

「斷腿敗仗的心情，大概是這樣吧。」淳還未坐息，房門已不知被誰闔合。臀部終可暫歇，右腿盡情肆意伸屈，惹得左腿直發痠癢，時痲時顫，只差哪一刻抽筋起來。淳滿有意識地對左腿愛理不理，緩緩氣，靜待飯菜從桌前的小櫥口送抵。對，這裡的客人不用點菜，失志的人哪有興致點菜？況且失志樓從來只奉一菜，你連選擇的自由也沒有。

淳嗅著周遭困抑不通的酸氣，漸漸順理成章地提不起勁，壓鬱鬱的肅默無語；他的世界一下子萎成目前四壁，沒有出路也沒有退路。「好像較從前更靈。」淳竊竊審視自己情緒的變化，一絲清醒，萬分沮喪，劇本對白以外的話，不進耳，不出口，包括自我內心的對話。

失志樓的名菜來了。小櫥口的簾子鬼祟一掀，苦瓜蠶豆涼拌生蛋白依舊頹然，這兒的廚子閒得很。淳凝望這碟亂七八糟的澀綠，胃口不知掉到哪裡去。天花板上的播音器開始洩下凋零的滴水聲，非要讓你以為正瑟縮於深井的枯底不可，聞聲而不見日。淳幾乎連張口的力氣也沒有，勉強把黏腥腥的營養餵進口中，舌一濕，胃跟心跟左腿同痛同悲。他似乎正催逼自己拔除那一絲清醒，菜苦命苦，嚥下的不正是未酬已斃的壯志嗎？蛋白很臭。

呆板的滴水聲跟分秒一樣穩定地流淌，既體現時間的去向，也諷刺時刻的重複和還原，新舊如一，惟淳的心比時間還老得快。晶瑩的生蛋白濺到左邊的小腿上，如久未遏止的瘀血幽幽而下，即使抹拭也無補於事；咽喉和食道固執封建，顯然不歡迎任何顏色和味道，明擋暗堵，快鬥氣鬥出胃氣來。淳馬虎地托著湯匙，對，他早已不配施刀掌劍了。如果他於井底愈陷愈深，為何水滴倒沒愈落愈疏？糟糕！他居然挑起一條調皮的神經，拿物理來思考！且這堆距離、時間和速度的瓜葛更讓他驚覺快要遲到！連忙吞嚼引人入魔的奇菜後，淳稍稍收斂傷春悲秋的情懷，右腳一撐，推門辭去。

「真夠抑悶呢。」他拾級蹣跚而上，不到數步，右腿已隱隱發軟。

重迎天日，照理該心曠神怡，可淳偏勉誡自己得咬住胸中那股怨結不放，如古今多少著名悲劇的演員，不在失志樓囚上一季半月不像話，他無權寬懷。

朝十字路口的捷徑拐，淳趁機瞄瞄街上的「途人」在施展哪門演技，偷藝自益。「途人」當然不是一般路過的人，即使他看起來無所事事，也不過是因為他於目前的劇本中，正好當一名無所事事的角色，及格。環顧四處，路燈下的長髮胖婦挾柱嚎哭，不忘重重蹬腳，聲色俱放；榕樹旁瘦弱的伯伯——咦？是馬松欣大前輩！他怎麼把自己弄成這樣老？真的老得又笨又鈍呢！跟上月曼瑤劇院裡的高音木匠完全是兩人！柔柔搖扇，輕輕捶膝，坐姿僵曲怪異，下巴……淳瞧得出神，差點被一輛衝下坡的自行車輾個粉身碎骨，幸好他雙腳抓地，閃身一躍……馬前輩瞇著眼向淳一望，才使這位該斷了左腿的男主角記起自身的殘缺，急急側右忌左，垂臉頹行。

「我真丟臉！」淳不敢多八卦云云角色的作業，免得分神。

藝館大門前的一雙保安員倒是千真萬確的保安員，他們眼觀六路，進進出出的諸位都得向二人呈示許可證，以鑑身分或角色，不容混騙。淳這常客本也不例外，可保安員察見他心力交瘁的樣子，乾脆私下把這演藝之城的明日紅星放行，免他半倒半傾地掏證件。

「謝謝。」淳難免以為保安員低估了他協調肢體的能力，一時自卑不忿，惟切忌逞強。館內這裡那裡早已招呼過淳上千次，哪道通哪室他心中有數，可每回穿梭於此演藝重地時，淳始終無法全然捨去戰戰兢兢的心情，陌生之感更是長踞胸中。這也怪不了他，在藝館做事的人，不是已達演藝顛峰，便是為了達至演藝顛峰而來：你或授課聽課，或讓舞臺隨身，於人前人後裝出一套受角色主使的形神，時刻就緒讓同業評頭品足，一較高下，比街上「遊牧」戲子的修練密集得多！且每次在藝館裡碰上的高手，總較之前愈變愈鮮，角色更換不說，連同一角色也日夜琢研，研出細膩的攝魂之態，怎能不叫淳大開眼界？

明明雙腿已經畸得不成腿形，可淳熬至董大師的房門前，立馬擺回一副標準的跛子相，讓大師驗個夠。

「怎麼樣?青年軍，一敗塗地吧？」董大師一開門，高碩的影子便不留情地遮蔽淳的懦姿，綽綽有餘。

「董大師好，我還可以，就是腿有點痠。」淳瞅了瞅房中的鵝黃色沙發，巴不得飛墮過去。

「那是戰敗所致，還是演技所致？」董大師依舊以一臉仁慈可親的淺笑，隱藏其喜怒哀樂的極端。看過他的成名作《囚下重生》便不得不服。

「戰敗，敗得慘不忍睹。」淳卸下背包，機靈地避開董大師的言語陷阱，卻又暗暗責備自己居然還有能力發現那是陷阱。

「不忍睹也得睹，正是靠你睹過面對過，才可讓觀眾從你身上看得透澈明白，你是他們眼睛的啟蒙。舞臺之上，演員是先頭部隊。」董大師略略翻閱案上的一份劇本。「讀熟了嗎？」

淳瞄瞄大師手中那疊紙，照例早已畫滿多色底線，標注鋪天蓋地。

「學校早上才發，算是讀過一遍，熟則談不上。」每次都被董大師捷足先登，淳覺得頗不公平，卻當然佩服大師親力親為，幾乎視學生的角色為自己的角色，戲癮沒完沒了。

「你知道戰爭為何發生？」

「你指這劇的背景，還是現實——」我真該死！居然溜出「現實」這個演藝之城的禁忌之詞！怕董大師準要發怒了……可他到底——

「戰爭為何而起？」董大師悠悠閉目，似乎也在思考此問。

「戰爭就是一方為了攻擊，一方為了保衛而引發出來的拉鋸，不分勝敗不罷休。」

「先撩者賤，不管出師之名為何，凡主動挑起事端一方，即是戰爭的始作俑者。口說為仁義為民族為歷史，誰知心中企圖是否一致如實？攻勢一來，對方不得不挺身反擊。」

「到底開戰不是等閒事，主動那方為何偏執得非大費周章、勞民傷財不可？他們就不能省掉那筆賬嗎？有甚麼值得以人命傷痛來換取？」淳隨著董大師的眼神眺望窗外，窗外毫無戰爭的氣息。

「他們不是偏執，是好勝。你想得人命無比重要，他們卻視其為沒名沒姓的彈藥和籌碼，來換取甚麼？光是一次勝仗之譽，已夠他們驕傲至下輩子，當然值。」

「作惡那方若是為了虛榮而開戰，被挑釁一方就不能講講和，婉轉推辭這場遊戲的『邀請』嗎？反正主動那方不過求個玩伴而已，東家不打打西家。」

「誰不明白『河水不犯井水』之道？受戰一方當然不為跟敵方爭名逐利而戰，可人民家園被對方任意踐踏的話，那就不容坐視不理，縱武讓暴了。勝負當然關鍵，但挺身宣志是首要的『回禮』。」

「所以即使不健不壯如我，送了左腿這般『大禮』給戰場，也是可敬和應分的，是嗎？」

「沒錯，我們這演藝之城就靠你保住，侵者擋，奪者擊！」

「背好劇本，演好角色，不就能保住演藝之城嗎？我城人專於修藝養性，管好舞臺就夠了，真有一天得動刀動槍嗎？」

「有呀，你這劇上演那天不就要嗎？趕緊練練身體，上半場健全，下半場斷腿，不容易啊！」董大師作勢在左膝一割，居然還淡笑著。

「今天在館內倒真有一連串的訓練呢！較上次的劇目還多。」淳把劇本揭至後頁的「角色修養日程表」，確認下一個上課地點。

「安分做就好，去吧青年軍！不只左腿，把你整個生命奉獻給演藝之城吧！」

「小兵遵命！」

後花園的三層噴泉把辣熾熾的陽光溶成剔透清涼的水舞，循環賣弄水力的柔韌婀娜。奔頂和瀉流的爭先恐後，嘩啦啦地嚷得熱鬧。儘管底層圍滿常綠的矮叢，可吝嗇的水花永遠濺不及葉；望泉而不止渴，綠叢想必對水又愛又恨。如果以沙代水，則噴泉頓成一座永恆不息的沙漏，於日月下為蒼天記錄脈搏，快慢無從聽辨。淳單腿站在噴泉前，覺得它真是一株讓人看得出神的玩意兒：水半透著背面的景色，且倚仗光線奸狡的伎倆，把影像扭折得欲斷還連，離離奇奇，叫人忙裡偷閒就是為了剖析這縷液態玻璃的可愛！可演藝之城絕無「忙裡偷閒」這回事！館方設置如此讓人放空之物，無非考驗我們對角色有多堅定，我才不會對不起被廢肢的青年軍呢！淳撇棄噴泉的迷惑，重上正軌往觸覺室去。

觸覺室裡的巨型輸送帶早已「唧唧」作響地運載或大或小的黑箱，如工廠按不同模狀而大量生產的用品，又如科學家於地下實驗室向自己炫耀的驚天駭地的發明。沿輸送帶而建的整列屏風間，正好隔開共七十位肩負種種戲分的角色。他們按所屬的黑箱號碼，半探半猜箱中之物對角色的啟示。

「五十九號……斷腿青年軍是嗎？」入口的招待員先讀淳的許可證和劇本附注，再以不近人情的眼鋒瞄瞄淳那冤枉的左腿。

「是。」

「跟我這邊來。」招待員當然毫不遷就身後那殘疾青年的步伐，逕自掠過重重屏風。

淳晃著左腿，忽然格外羨慕招待員這種不帶感情的工作態度，一就是一，二就是二，俐落乾脆，沒甚麼好揣摩，多省工夫。隨屏風而行，淳始終難以戒掉好奇心。他試圖從屏風之間，認出他敬重和仰慕的面貌——你得知道臺上一分鐘，臺下十年功——淳認為能夠知曉其他演員的修養之道，準屬一大裨益。可是，每位角色只顧面朝黑箱，背向通道，似乎全被捲進一股掙扎……

「這邊來。」招待員佇在五十九號的屏風間前，向遠遠落後的淳揮了揮手。

「你那黑箱剛過，我來不及抓它，等它逛一圈回來好了。」招待員於淳的劇本某處蓋上一枚倒轉的紅印。

「好的。」淳的眼睛在生生不息的輸送帶上稍稍搜索，那注定的五十九號黑箱正不慌不忙地朝對岸游。

他像跟自己的角色對視，二者快合而為一。

漸漸趨近的五十九號黑箱不算最大，可其他的大多較它輕巧。時機將至，招待員雙手一抽，就如釣魚般把它逮到淳的前面，任君揭曉。

「摸進去。」招待員主導儀式。

到底我現在是一名百分之百的敗仗青年軍，還是正被各方說服而成的敗仗青年軍呢？淳還未想透，已伸手進箱。

幸好不是會動的生物，但也不是死物，大概……是一件生物已死的部分，室溫，半糯半實的，有未被剃淨的毛；一端的切口尚平，另端……這下太清楚了，是數根崩崩蝕蝕的腳趾。

「這是你被敵軍剁下來的左腿，摸到血水嗎？」招待員的聲音對淳來說，突然變得不太順耳。

我的腿骨分明沒有這東西般尖硬，皮哪有如此粗厚？該是從市場裡弄回來的羊蹄豬蹄吧……該是我親愛的左腿吧？淳曲曲褲管裡的左腿，頓覺手中生出第五條肢。

「敵軍濫殺濫捕，一眨眼便橫刀亂來，割掉你左膝下的全部。你摸摸那切口，一乾二淨得不連筋不帶腱，下手多狠。」

截肢乖乖地躺在黑箱內，奢冀主人沿枯竭的脈絡，追溯刀下的血仇。

「切口當然跟你褲內的傷口吻合，可是這條殘肢怎樣也拼不回去，腿人永隔。明明當天你上戰場時靈捷沖沖，敵軍偏非要你賠條腿不可。單單這條腿，能稱霸天下嗎？能光宗耀祖嗎？真搞不懂他們拿去幹甚麼，累你從此晃晃蕩蕩。」

淳勉強聽著招待員流利的旁白，無法分辨那是對稿子熟練的演繹，或純然即興的發揮。他握住那腿漸漸施勁，指頭深深慰問死皮下那僅餘的血緣，寒又痛，腿從來不該獨自萎爛；掌心接受呼喚，驚愴地按止切口陰陰滲釋的血水和脂肪。淳幾乎誤信從掌心傳出的脈動，足以救回這壞死的東西。

他巴不得把它從黑箱中抱出來，看看合不合腳。

「身體髮膚，受之父母。這下子砍下來，得罪的豈只你本人，敵軍連你的父母也不給面子。志氣能滅不能滅，廢了的就讓它，大業還在前方，得咬緊牙關到底。」

大業是甚麼？血債血償嗎？守衛我城嗎？爭取添加數場演出嗎？領年度男主角金獎嗎？淳設法探索箱內的玄機，試試可否從手中變出一支武器，斬謎除惑。

「本節時間到了，請收手。」招待員未等淳讓開，已上前把五十九號黑箱投回輸送帶上，管它下落不明。

「可以走了，再見。」五十九號屏風間裡剩淳一人，他的左腿好像快要撕裂似的發燙著，提步欠力。

從觸覺室失魂落魄地拐至藝館的東閣，淳禁不住反覆猜度，在舞臺上被斬腿的剎那，面容、聲線、肢體甚至燈光下的影子，究竟該如何調配。這也許比起當真遭逢斷肢之災——例如生活中的意外——更損體力和心神。那麼，如此較現實更轟烈和更具穿透力的演出，算是成功或只是流於浮誇的失敗？抑或正正因為現實無從呈現極致，所以才得借舞臺塑建更廣更深的領域？淳毫不自主地徘徊於現實的演藝之城和演藝之城的現實之間，居然忘記丟掉「現實」這回演員根本管不來的事兒！為了將功贖罪，淳忽然靈機一發，於館內瞥見誰，就想像誰的左腿立馬被砍斷，淒楚之喊瞬即於淳的腦內此起彼落，連受害者們不支跪地的線條和角度，也紛紛如繁花般綻露在他的眼前；時卑時狂，或忍或暴，通通被淳借來參考個夠。

「想像有多勤力，演技就有多自如。」校訓是一枚準確的指南針。

東閣的樓梯口隱約傳來戲服獨有的腐舊之味，酸酸霉霉，跟舞臺地板的古木味屬公認的絕配。這熟悉的氣味愈長愈濃，幾乎雄霸淳一切的想像和感官，非要引他看個究竟不可。

「哇！都羅列出來了嗎？件件是活寶！」淳一晃進這牽鼻的展覽室，便如小孩撞入糖果屋般，眼花得幾乎忘形——獨腳的形。原來這裡正舉辦本月的主題展覽：經典劇照和戲服回顧展，怪不得滿場星光熠熠，耀射出來的鋒芒穿紙透框，著實叫人目不暇給！

「不得了，不得了，這回我可撿到寶了。」淳情難自禁地從右逐一觀賞牆上的劇照，興奮得像同時置身於不同的戲劇中。

既然是經典，城中全數殿堂級演員的英姿當然收在其中：表情的近照、同臺夥伴的走位、道具的比例、場景的陣容、燈影的默契、謝幕鞠躬的排場……似乎每張定格的畫面，都牢牢抓住一串咬字、一波聲線、一抹斜影、一下腳踏、一股音效……觀眾眼見耳聞的速度，永遠趕不上臺上如魔法般的掩護和巧合。

「這部分的劇目都在我出生前已享負盛名，《攀岩記》、《河畔茶棧》、《懷孕時必作的夢》……好些前輩一劇接一劇，連年稱霸曼瑤劇院、柏央劇院和西星劇院，稍為次級的演員根本擠也擠不上這些頂尖劇院的舞臺……真功夫果然經得起目光，百看不厭。」淳一邊默唸歷代舞臺王者的大名，一邊細賞使這演藝之城屹立不倒、愈發豐旺的一磚一瓦，對，造詣的傳承、藝術的沉澱、修養的持續、情操的淨化、神緒的研習……眼前幅幅劇照蘊含的深遠精神，長年累月地滲透和支撐整座演藝之城，無處不在，無劇不成。

演藝之城是淳的家。

淳的家在演藝之城。

「是爸爸媽媽啊！跟客廳那張的角度稍有高低之別呢！」淳一直等著雙親那幅經典劇照出現，結果一瞄到，果真難掩雀躍之情，即使他經常在家中跟它碰面。

劇照中女主角的面部在近處，眸珠似看非看的低斜著，偷偷在意背後那株身影；臉頰放鬆自然，僅靠嘴角的笑意增添婉轉的和藹，而典雅的妝容和鼻梁的造影，恰恰把投下來的紫光映成滿臉內斂，柔中帶剛，跟身後的傻子簡直是一大反差。淳的爸爸在後面領住一個黃色氣球，直挺挺的駐地不移，在等，在求。氣球比他高，熟練無瑕地飾演一個氣球。

「我把戒指放進這氣球裡了。它一爆，我們就結婚。」

《氣球婚姻》除了令兩位演員勇奪該年的男女主角金獎外，也為二人帶來一段舞臺以外的婚姻。那時候，劇裡劇外盡現他們談情說愛的影子，這不出奇，反正演藝之城從來沒有「假戲真做」、「戲假情真」等真真假假之辨；劇本為首、角色為本就是正當標準的生活之道，結婚生子順便就好。

「沒有《氣球婚姻》的話，大概就沒有我。」難怪淳這樣想。生活的一切緣起皆隨舞臺，跟舞臺毫無關係的人事，很難發生在此城中。

因此，淳多年來試著諒解父母像父母多於像夫妻。愛慕之情若隨劇而生，自然也隨劇而終，只是兩人當時實在被那劇牽著鼻子走，還一氣呵成牽出一個男嬰來。劇本原沒扯到生育這步，可主角雙雙不能自拔，贏得金獎之餘，還獲上天賞賜禮物，不能不收。況且夫妻一直各自為大量的角色轉性改神，而那些角色又早已跟《氣球婚姻》的兩位主角劃清界線，婚姻的基石難持憑據，唯有盡力照顧兒子，專心致志結成一流的演藝之家。

劇一落幕，理應無從持續，然淳定睛察看這張熟悉的「定情照」時，私心倒希望父母能把《氣球婚姻》一直演下去，恩愛如昔，使持續的部分不只由他一人扛起。

「每套劇自有它的時限。」校訓有時候是詛咒。

除了「定情照」，淳陸續於別的場景中發現父母的獨照，跟其他前輩合演的畫面當然也不少。即使他從小已把家中的舞臺相冊看得滾瓜爛熟，又讀遍父母曾經參與的劇本——部分為校內必考範本，他不得不拿高分——可這批混集花絮和獨家角度的照片高高地鋪張於牆上時，父母的側臉、背影、眼淚、髮型和手勢不再是一個家庭的回憶錄，而是一座城市的英雄榜，獨立於親人，獨立於朋友，獨立於自己。只有和舞臺相依相生的角色，才稱得上這城的英雄。

「很多生命在這裡。」淳瞻望滿壁璀璨，「我的生命也從這裡來。」

轉過身，淳迎來十多位穿上剪裁殊妙的戲服的半身模型。模型高矮一致，無頭無手，可仍盡忠職守，不動聲色地示範戲服的氣派和個性。為了配合舞臺的燈光和拉近觀眾的目光，一般戲服當然刻意誇張其色，複雜其形，雕琢其質，使之跟日常衣飾截然不同，好讓角色大放異彩。然這批被選為經典戲服的展品，卻非全然標奇立異、巧奪天工。相反，當中數件穿洞帶汙，簡樸平實，較廉價二手服裝店內的一切更不起眼。這就說明引人入勝的角色和演出，不必然全賴矚目的包裝。於角色而言，戲服得適其性，合其形，懂其神，顯其姿。醜角穿醜服，窮角配陋衣，人服合一，就是戲服設計師刻意打造的自然效果。

「戲服是角色的皮膚。」西星劇院的服裝部以此為旨。

前排中間的圓領背心，白不算白，灰未算灰，斑斑血跡如塗鴉般標記角色的身分，對，誰也認得它就是董大師於《囚下重生》中披汗戴淚的囚衣——連續九天公演，董大師堅持從不更衣，非要把一身屈氣愈釀愈濃不可，結果同劇演員於最後兩場演出中，幾乎都被大師的臭味擾亂臺詞和走位，險！

「這麼多年了，味道淡了許多吧？」淳傾前吸氣，卻又匆匆呼出氣來，連步猛退，右腿差點絆到左腿。

「果然是董大師。」欲嘔還止，淳不得不甘拜下「風味」。

「如果沒有這囚衣，董大師還能演得同樣精絕嗎？如果這堆戲服從沒派上用場，前輩們還能技驚四座嗎？」雖然淳無意懷疑前輩們的實力，但冷冰冰的半身模型在前，挺襟垂袖，端莊地代替演員的肉身，倒使淳大膽地假想，光憑演員赤裸的身軀演戲，不穿不戴，會是怎樣的一場實驗呢？肌肉的起伏可媲美戲服的圖案嗎？筋脈的擴張會較飾物搶眼嗎？贅肉的顫抖是附注的對白嗎？淳想著舞臺上赤條條的演員和其赤條條的影子，如金蟬脫殼般淋漓地飛縱；任何顏色的濾光燈照下來，演員自身的膚色也坦然吸收，豁然反射，該是一場好看的戲。

視聽室的訓練是淳今天的最後一節課。雖然該室離展覽室只數十步，可他的左腿受了大半天的急性約束後，一步豈只一步？登上柏央劇院和西星劇院的舞臺豈只一步？攀上演藝之城的英雄榜豈只一步？斷了腿的青年軍該明瞭多少步都不拘，達標是遲早又必然之事。他必然要賣力，成為一名演技卓絕的青年軍。他是英雄的後人。

招待員實在像酒店前臺的服務員，核對身分配予鑰匙祝你有一段舒適的駐留體驗，只欠一張輪椅。淳提著鑰匙，依蜿蜒無盡的通道摸索，真搞不懂為何視聽室近百的房間雜亂無章，隨便得要命。

「到了！八十六號。」雖然鑰匙如常揭曉一套毫無驚喜的格局，可疲憊如淳，怎會不迅即撇下一切，栽進那個從天花板吊下來的成人搖籃安躺個夠？如果視聽室是酒店，當然名為「搖籃酒店」。

「真想一覺睡到天亮。」淳把雙掌墊在腦後，伸腰扭臀，肆意讓搖籃承擔他的彆扭和體重——果然一進搖籃，誰也變回嬰孩——可是任他輾轉反側，始終避不開天花板上那面長方鏡中的自己，即最佳的觀眾。那位獨自看戲的觀眾正耐心地等候青年軍出場，他全神貫注地凝視搖籃，怕一不留神，就要錯過青年軍的一舉一動，枉費幕前幕後苦煉而成的藝術結晶。

「來吧，青年軍，我在好好看著。」淳聽見天花板上那觀眾竊竊叮嚀，便不由自主地擺露一副萎靡的敗者神氣，比在失志樓的模樣更叫人心酸，看得那翹首引領的觀眾不能自拔。然後震撼的布景和音響來了，鏡子旁的一幅屏幕突然亮起，劈里啪啦播出兵炮攻城的畫面；莫理城是哪城，兵屬哪方，總之鏡頭時遠時近，從煙火燻天、群眾慌逃、屋塌墻倒的廣遼角度，至連環轟斃婦孺、在屍體堆上撒尿、向垂曲的背部一刺再刺等特近片段，通通爭著由屏幕灌出，誓要迫使青年軍思索他和戰場的關係。不知是戰況愈趨激烈，還是青年軍已身陷其中，他聽來，炮火聲愈爆愈厲，喊殺聲愈加狠惡，被虐聲尖哀得直刺耳！誰也不察覺搖籃酒店擅自為現場調大音量，似要把房中的搖籃炸碎，驚醒糊塗不決的籃中人。

籃中的青年軍既仰看聲畫逼人的屏幕，也注視鏡中那蠢蠢欲動的觀眾。他一時分不清，哪裡是臺前，哪裡是臺後，只漸漸感到氣盛血騰，渾身冒汗，更不時猛力掙扎，嚇得搖籃擺個不停。搖籃愈擺，青年軍眼前的槍林彈雨愈鬧得厲害，使他逐漸發覺，左腿的膝蓋間歇抽搐，一下烈一下輕，幅度的變化全看在那觀眾眼中。

閉不上眼睛的青年軍伴隨鏡頭深入戰爭的重災區。一名面目猙獰的軍人忽然撲近畫面，還不知從哪裡順手抓來一名哭喘不停的小女孩，向她的脖子一割，鏡頭即血糊糊得遮蔽了那女孩，只聽到軍人呼聲震天：「這不是很有趣嗎？」

當屏幕被濺得一片紅的時候，青年軍瞥見那觀眾的臉上，好像也沾了點點滴滴——觀眾流淚是常事，淌血嗎？還真算劇場的一大罕事。青年軍自愧不如，連觀眾也染血了，自己的肉身豈能怠惰？為了觀眾，為了家園，他不能坐視不理，貪圖搖籃中的安逸。他開始揮舞雙手，嘗試瞄準屏幕中左竄右逃的暴軍；炮火突襲，他旋即縮到籃中一角，攻守有法。觀眾見青年軍躍躍上陣，也乾脆在鏡中抖擻起來，奉陪到底。漫天烽煙下，搖籃從一個安樂窩頓變成青年軍的最佳戰友，前驅直進。為了掩護左腿，青年軍追截敵軍時，總會機靈地側身橫擋，又盡量以拳代腿，減省腿力之餘，出招時也能保住平衡。搖籃彷彿是一條隨機應變的舟，在兵荒馬亂的波濤中浮沉欲進，為奮不顧身的青年軍護航。

就在青年軍抱頭埋伏時，屏幕中的畫面忽然「嗶」一聲被熄滅，但喇叭的戰亂聲依然。

敵軍和平民的蹤影頓失，觀眾和青年軍當然不知所措。是後臺的技術故障？戰爭落幕？還是刻意考驗青年軍臨場的應變？被有聲無畫的戰況步步進逼，觀眾和青年軍四目交投，不太懂得此劇何去何從。可青年軍的身體始終燃燒著，即使眼前和平，堵耳的槍鳴、炮響、求饒、毒罵、號令、憤哮……都足以讓他追蹤戰場上的一切，把該見卻不見的表露無遺。青年軍沒讓觀眾失望，單循縱橫交錯的聲音，膽大心細地判斷災區的動靜，時而在籃中翻身窺望，時而伸手穩定搖籃，較剛才屏幕亮著時更加留神。鏡中的觀眾沒屏幕為據，反而被青年軍的獨腳戲迷得出神，優秀的演員果然能憑一己之身叱吒舞臺。

與其說青年軍是一位演員，不如想想，他這刻更像一名舞蹈員。圓舞曲有圓舞曲的舞步，森巴舞有森巴舞的配樂，探戈有探戈的拍子，戰爭自然有戰爭的步伐、旋律和節奏。看青年軍緊貼音效的強弱起跌，於亂中有序的組曲中，無間斷地搜索最佳的棲身之處；不跟重音碰撞，又與柔聲協和，一伸一屈潛游於洪洪幻調裡。戰爭之舞曲較別的舞曲殘忍，你一旦跳錯，跟不上或領急了，不只惹來觀眾喝倒采和評判扣分，左腿右臂甚至頭顱更隨時被無情的拍子砍擊，淘汰於曲外。在吁吁的呼吸下，青年軍時刻警醒自己，轟耳的戰爭之樂是對身體不離不棄的好舞伴，然剎那不合的話，則可使他陷於粉身碎骨的絕境。音樂舞步是千鈞一髮的事。

天花板上那忠心的觀眾跟青年軍跳起雙人舞來。雙人舞的要訣在於合拍，如何做到合拍呢？以彼此為鑑就對。為了不使對方被淘汰於戰爭之舞外，青年軍和觀眾一舉手一投足皆互相牽制，或暗打眼色，或直傳腕力，誰對誰錯一時模稜兩可，但對方就是眼前唯一的指示。青年軍盯住觀眾複製自己的舞態，縮肩時縮肩，挺胸時挺胸，揚手時揚手，早已分不清到底誰在複製誰，誰為自己而舞，誰為對方而動。他和觀眾同舟共濟，人存劇存，人亡劇終，雙人合一，缺一不可；彼此是彼此的觀眾，又是彼此的主角。

搖籃伴著毫不怡人的「搖籃曲」，承載青年軍和觀眾翻天覆地。也許搖久了，搖籃認為大概是時候讓籃中人好好歇息，盡快入睡，於是澎湃的戰爭之樂一下子中斷，房間落得靜默無聲，如石山下的一口防空洞。青年軍的身體倒沒音樂那麼靈敏，一時煞停不及，竟於一片幽靜中猶豫地持續了數節防衛術，看得觀眾不太明白——音樂既退，角色不也亦然？可即使青年軍的手腳勉強罷休，耳窩內依然泛著槍鳴、炮響、求饒、毒罵、號令、憤哮……且耳心互傳，整套戰爭之曲似乎已存至青年軍的心中，成為隨時隨心而播的音樂，多悲壯的「心聲」！難得和平，戰鬥已久的青年軍卻突然無所適從，幾乎像被騙了一局；賣力後只餘空虛，誰不疑惑？他未必要一分勝敗，也不期望敵方投降，可就這樣草率終戰，連觀眾的掌聲也聞不得，實在無法使他安穩身心，於搖籃裡若無其事地睡一覺。

淳嘗試合上眼睛，一邊浸淫於搖籃戰後的餘溫中，一邊壓下耳和心揮之不去的喧囂。被劇場中途遺棄，離現實似遠還近，如此懸空之境，何嘗不需演技來悉心過渡？耳朵心房稍安無躁，淳一張開眼，鏡中的自己似乎執意要在鏡子裡永恆地跳著戰爭之舞，使鏡子成為另一片屏幕，專門播放青年軍在戰場上的英姿。淳仰看鏡子，重溫剛才左顧右盼的憤態，不禁挑剔起來，嫌面上的神色不夠憤慨，下身也過於遷就左腿，欠缺「殘而俐落」的大俠本色。折騰了整課，淳現在終於可以不動分毫，從鏡裡審視角色的武術、情緒和感染力；鏡裡的他，永遠斷了左腿。

「視聽課完。」屏幕以文代武宣布。

第二章　支配與忠誠

「睡覺能使角色入夢，醒來你便是角色了。」

校訓哄你與夢同眠

家門前掛著的小型黑板黑白分明地歡迎奮戰歸來的淳。他如常重讀板上的事實：

「媽媽：裁縫

爸爸：園丁

淳　：學生」

一日之間，淳的身分已隨劇本改變。他當然拿起粉刷，抹掉「學生」二字，然後既驕傲又怯懼地寫上「青年軍（斷了左腿）」。

「多姿多采的一家呢！」裁縫和園丁的兒子想。

客廳的六花陶瓷燈垂吊著梳梳縷縷的彩色長線，有棉有麻，依稀地反映廳中飄忽的氣流；長線高低不齊，有的慵懶地賴在地上，有的乾脆命懸空中，反正遲早被剪刀弄得肝腸寸斷。這天裁縫已動刀多遍，看客廳角落的工作桌便一目瞭然。雖然劇本沒有指明裁縫於舞臺上得做出甚麼模樣的衣服，可她畢竟要當一名裁縫，剪布穿針是自然不過的事。桌上的布包羅萬有，舊床套、淳兒時的衣褲、破毛巾等，通通捨身貢獻，成就裁縫為期三個月的工藝。她頸纏皮尺，門牙一噬便了斷綠線的尾巴；指頭圈了圈，結就打好，顆顆銀珠沿線滑落，響起算盤的聲音。明明她視力正常，偏不知從哪裡撿來一副毫無矯視功能的方框眼鏡，以為憑此眼明手快？還是裁縫得架上眼鏡才像樣，才可靠？淳倒覺得媽媽這樣看起來格外糊塗可笑。

「從藝館回來嗎？」裁縫的眼波越過皮尺的刻度，草草掃向兒子後，續尋手上理想的長度。

「是呀，忙了整天。」淳估算媽媽早已從學校或藝館得知他的新角色，才對他左輕右重的腳步聲不感出奇，又不加問候。

「你先休息一會吧，我正替斗篷添加配飾，晚點才弄飯。」裁縫的眼鏡愈墜愈低，倒不影響視力。

「你忙你的，我待會到廚房幫忙。」淳經過廳中那《氣球婚姻》的劇照，難以相信當中的女主角跟埋頭苦幹的裁縫同屬一人，又同是他的媽媽。

房間裡的被子上周才縫上密密麻麻的繩結，這刻淳一瞧，床上竟鋪著一幅五角星形的褐色皮革，淺痕繁亂，讓他不禁想起董大師那囚衣。

「皮革被子，又重又硬，既不遮頭，也不蓋腳，乘涼一流。至於星角，準是要威嚇我得乖乖躺好，少扭身，否則賞我幾道刮疤！這裁縫真用心良苦。」淳實在渴望今晚呼呼大睡。

一隻蚊子從房間裡的小黃燈飛到淳的脖子後，頻率特奇的「嗡嗡」聲進佔他的耳朵，來勢竟不輸戰爭之曲。都怪淳的爸爸栽花成癮，屋後的花園雖不小，然他偏要測試空氣溫度於不同植物品種的影響，結果花園有的，室內也不缺，例如鬱金香、紫羅蘭、蘆薈和蚊子。幸虧家裡三人沒對花粉過敏，不然這演藝之家就要變成噴嚏之家。

「爸爸該又在花園吧？」淳一邊搧退蚊子，一邊問蚊子。

他一拐一拐的走到花園的門後，只見園丁頂住一朵寬邊藤帽，低頭問候花瓣和葉子。為甚麼說是問候呢？因為園丁除了客觀地評估這片那片的色澤、紋理和軟硬外，從他溫悅的眼神和悠然的笑容，就知道他正向手中無聲的生命傾盡關心，呵護備至，還耐心地默邀對方合演一場戲，真是花草的榮幸呢！

園丁把一張小木凳搬到牡丹旁，半蹲半坐的安頓下來後，便又曲著腰俯探泥土的狀況。他脫下一隻白色棉手套，拜託指頭向泥土問診；搓了搓，嗅了嗅，心中有數，於是從腰間的工具袋中，摸出一隻耙子，柔柔梳開泥土，就怕誤損嫩根，恨錯難返。耙子功成身退，自然輪到噴壺上場。園丁先調校壺子的噴嘴，然後從四面八方噴澆牡丹的全身；向葉子時遠，對泥土時近，他徹底清楚植物的感覺。植物並非全然被動，你看它一邊沾水，一邊擺葉扭莖，似乎樂意跟噴壺來一場追捕遊戲。雖然園丁一語不發，沒對白，沒配樂，可他跟盆栽、工具和自身的肢體切磋契合，湊起來的張力集中非常，彷彿整塊天空黑漆漆，獨園丁和花草享獲一束從燈光部投射下來的白強光，不看他看哪？

淳望著爸爸惜花惜草，無可否認，爸爸已成為一名不折不扣的園丁了。憑這段觀察，淳不太肯定，當中哪些動作屬劇本情節，哪些純然是園丁的實驗，但一氣呵成地遊走於劇本內外，自若如此，不就是把生活和舞臺結合的頂佳範例嗎？

「看來晚餐全靠我了。」淳關上花園的門，卻不知道一隻蚊子已隨他進來。裁縫的布團和線球毫不體恤殘疾人士，處處擋截淳的去路，害他分秒瀕臨四腳朝天的危機。

「要做些甚麼工夫嗎？」青年軍從廚房裡喊問。

「先把蔥切段吧，五厘米半，然後把每塊麵粉皮對摺兩次，打開來沿摺紋剪，再用木棍熨平。」裁縫剛把流蘇分段，在工作桌前伸了個懶腰。

「我到底是裁縫的助手，還是廚師的助手呢？五厘米半？要問她借皮尺嗎？」淳心裡不禁佩服媽媽的創意對白。

「還有呢？」他問。

「把鍋子裡那碟熟米粉分成一束束，穿進蓮藕片的小洞裡，蓮藕片之間隔三厘米吧。」裁縫吩咐著，也漸覺餓了，可桌上的實驗還長呢！

「知道。」青年軍不便抱怨，戰火中豈有好菜可吃？

也許日曬雨淋過了頭，園丁還未等淳把全部飯菜端出，已頭昏腦脹地坐在飯桌前，手執筷子，蓄勢待發。

「你洗過手了嗎？」淳的媽媽厲盯住園丁那排填滿汙泥的指甲。

「洗過了，留點『鄉土情』在手中也無傷大雅。」

「就怕我這新縫的鵝絨桌布被你弄髒，不再雅致了。」裁縫不捨地撫摸那灰藍色的桌布，又暖又柔。

「髒了也不怕，你再做新的不就可多多磨練手藝嗎？」筷子於園丁的手裡震顫著，透露這手只習慣握持重的工具。

「我的工藝並非專門用來侍奉他人，縫甚麼補甚麼由我作主，你少添麻煩。」

「拿鵝絨來做桌布，本來就是麻煩的源頭。」

「鵝絨能保溫，你不是常說飯菜吃到最後都涼了嗎？我倒是替你消除麻煩呢。」

「菜來了！吃飯吧。」一家之子總是歪著身走，差點使湯汁瀉出來。

園丁細看桌上的菜式，不一會已猜出它們又是裁縫的鬼主意，穿穿縫縫，摺摺疊疊，只差布碎伴碟。看在兒子的分上，且無謂跟肚皮鬥氣，園丁大口大口的把飯菜嚥下，不忘於心中感謝泥土和農作物提供溫飽。

「身體跟得上戰況嗎？多吃點。」爸爸把一片被米粉纏得要死的蓮藕夾到兒子的碗中。

「還在適應中，有點突然。」果然爸媽對淳的新角色瞭如指掌，演藝之城的消息就是逃不過二人的耳朵。

「有些花朵一夜盛開，一夜凋謝，有些樹木得用上百年才擎天立地。戰爭既來得突然，你也不妨想想，它可有長遠之意？多層次的揣摩，不靠單一角度定位，才不會使人吃不消。」園丁小心翼翼地提起碗筷，怕了桌布。

「獲編排的訓練還真是挺多方面的，只是稍為密集。我怕太急，但又怕落後。」青年軍說。

「時裝界門派眾多，有先鋒派，也有落伍派，更有復古派。算不算是潮流，還看那人打扮得好不好看；不好看的話，誰管他屬甚麼派別？這城沒有為誰度身訂造的角色，但凡是演員，自可依其角色塑創形神，使自己成為跟那角色最『合身』的人。『合身』了，戲就好看，你就是潮流。」掛在媽媽頸上的皮尺幾乎蘸到醬油。

「那媽媽做的製成品屬甚麼派系？」園丁的兒子問。

「我這裁縫甚麼都做，只要能推崇『物盡其用』的精神，把各樣物料循環再用，甚至交換它們原本的用途，就不枉我的工夫。」

「那這鵝絨桌布——」裁縫的丈夫問。

「從儲物櫃翻出來的，本該是多年前的地毯吧。經我洗淨、補邊、繡花，它不就跟飯桌絕襯嗎？」青年軍的媽媽笑瞇瞇地吮著筷子。

「難怪我的手肘一直發癢，怕還有蚤……」

「該是被花園的蟲蟻叮到才對吧，不是叫過你好好洗手嗎？」

「好吧，就當是我在打理盆栽時沒留神，被蟲蟻有機可乘。淳，你看，也許我在舞臺上接觸花草時，反沒那麼巧被蟲蟻叮到，但日常生活中賠上這些小傷，倒能低調地提醒我這園丁的身分。久而久之，帶著這些小傷痕上臺，比化妝堆砌出來的外貌更跟角色『合身』。雖然蚊叮蟲咬不如你斷了左腿那麼嚴重，但日復一日跟斷腿共處，你要它痛便痛，要它不痛便不痛。那麼在舞臺上，你便可領著傷口演，而不是被傷口主宰自己的發揮。」青年軍的爸爸抓了抓手肘，又贈兒子一條麵皮卷。

「但肌肉較心情誠實，又較難控制。腿累的時候，怎能表現正常？腿完好的時候，又如何硬要它痛楚萬分？」淳咬了一口麵皮卷，太鹹。

「我們接收肌肉傳來的感覺是對的，也無可避免，但外在的刺激、環境的渲染和記憶都能輔助我們駕馭肌肉本來的感覺，方便我們按角色隨意修改這些感覺。藝館不是為你設計了多套感官課嗎？既然我們無法遏止肌肉傳遞感覺，那便得靠特定的刺激和刺激留下的記憶，有效地操控肌肉的本質，使我們徹底地漠視肌肉的信號，你愛拿左腿配合甚麼場景都可以。」裁縫的丈夫說。

「那我們的肢體豈不變成了道具？」

「演員本來就是有血有肉、活生生的道具，生的死的道具互相配合，就達成劇本的要求。只要能完美地呈現劇本，就別管我們是甚麼。」園丁的筷子始終不守本分，餘震未止。

「就跟我做衣服一樣，設計圖是劇本，需要湊齊各式各樣的物料、配件和圖案來呈現最後的模樣。過程並非直截了當，得經歷熨壓、量度、穿針引線、隱藏縫紋和修剪邊緣等。只要拉鏈、絲帶、鈕扣、蝴蝶結等互相映襯，體現製成品的氣質和風采，即交付了它們於時裝的價值。否則，獨立的拉鏈、獨立的絲帶等沒跟設計圖扯上關係的部件，哪有單獨存在的價值？一顆掉在地上的鈕扣，除非給縫在合適的衣物上，否則它就失去鈕扣的價值了。我們這些屬於舞臺的人，不但不能跟舞臺脫離關係，更應據舞臺的需要，克盡己職，和臺上其他部件合作，縫縫補補，一展自己的價值，成為一顆閃閃生輝的鈕扣！」裁縫按按兒子衣領下的小圓鈕，為他打氣。

「那爸爸媽媽喜歡現在的角色嗎？」

「鈕扣有幸獲派上用場，就不會多想喜不喜歡設計圖。何況這城出產的設計圖皆屬頂級，不容置疑，不必多心，相信自己的使命和設計圖的引領吧。要知道多少鈕扣和拉鏈爭相為設計圖效力，也求不得一次機會呢！」園丁的妻子說。

「世上種子無數，有人看中你這一顆，天天為你澆水施肥，冀盼你長成燦爛的樣子，那是一件多麼難得的事。受過恩，接過福，你總不會說：『我不喜歡自己開花的樣子！』你不順種花者之意乖乖開花的話，也許只會淪為比雜草枯枝更不如的東西，你不會想這樣。」淳的爸爸差不多把飯菜清光，絕不浪費農作物的貢獻。

「爸爸媽媽已成功在臺上開過很多次花呢，演藝之城裡最長青的植物要算你們了！真想快點再進劇院捧你們的場！」青年軍憶起父母在臺上技壓全場的風範，不禁暗自懷疑，自己跟他們是否同屬優良品種。

「我長青，但不老呢！」裁縫連忙把湯喝光後，又撲到工作桌解剖斗篷。

「我也等著捧你的場，青年軍。」青年軍的爸爸拍了拍兒子的頭，一陣草泥味。

懸雲的夜空是一幅欠缺射燈的布景，謙卑地讓淳的屋子成為他眼前最明亮的裝置。屋子在城的中心不遠處，且偎在山的肩膀上，大半個城的輪廓便不難收於屋底下。淳站在屋前那道微斜的山徑上，貪婪地俯瞰山下每處縮小了又放慢了的動靜，猶如主角從臺上細察觀眾的舉動。城裡燈火點點，或局部集中，或疏落離群，使淳想起音響部和燈光部的控制板，一鍵一燈一細胞，構成舞臺的中樞神經系統，一中風便完蛋。縱然山下的燈火強弱有別，可各家各戶在做甚麼，淳認為顯而易見。編寫對白的、研習對白的、幻想對手在面前講對白的、依對白練習走步的、把對白錄下來重播給自己聽的、唸著對白載歌載舞的、手上幹著別的事但心裡唸著對白的……對白是演藝之城的語言，誰不在說它？誰能摒棄它？幽幽清風中，淳聽得一清二楚，燈光正是數不盡的冒號和引號。

「大家都在忙呢。」除了跟對白直接有關的人，淳於燈火之間，粗略覓見若隱若現的身子，不錯，剪布縫線為了戲服，混音播曲為了氣氛，投光添影為了焦點，搭臺畫景為了場面，搬東運西為了道具……低頭的、攀梯的、戴耳機的、奔跑的和駕車的條條身子，正為快將上演的戲劇籌備，為公演中的戲劇把關，為落幕的戲劇善後。周而復始，這座「好戲工廠」不計晝夜，憑完善的分工、嚴謹的訓練和齊全的配套，出產一套接一套的好戲，以自給自足的藝術年年興盛，招牌響噹噹。

「何其精密的一幅設計圖，顆顆鈕扣都在發光發熱。」淳凝望山下點點繁燈，不難辨出三大劇院、學校和藝館的位置，它們是設計圖上重要的器官。

「不知道菲現在怎樣？之前看到馬松欣前輩突然變老，該是為了新角色吧。菲在家中跟馬前輩可合得來？她又在準備甚麼角色呢？是時候見見她了。」左腿面對山下如網的路，不免又疲軟起來。淳聽到青年軍的催促，轉身返回園丁和裁縫的家，晚安。

「睡覺能使角色入夢，醒來你便是角色了。」校訓哄你與夢同眠。

崔主任如常繫了一環碎花領巾，於曼瑤劇院門外不耐煩地重複點算人數。難得曼瑤劇院騰出一小時的空檔，開放予學校的表演科學生參觀，大夥兒早就湊在劇院附近，幻想和計算跟這殿堂的距離。列在崔主任的身後，淳鬼祟地速覽同學一遍，可見的變化倒不少呢！有的剷光了頭髮，有的嘴唇塗得慘白，有的換上格外蓬鬆的衣服，真讓淳猜疑每人的新角色是甚麼，當中誰又跟斷了左腿的青年軍同臺較勁？淳那不中用的左腿何嘗不惹得同學目不轉睛？好歹是大前輩的兒子，又是學校恆常欽點的男主角，受過藝館多不勝數的特訓，舉止脾性一旦變異，自然是演技的表徵，同學們總不能錯過淳這非一般的同輩的示範和啟發；可惜只可觀而不可問，每位演員皆受自己的角色保護，如非到了學校安排同劇演員排戲之時，敬請勿擾。

「大家請保持安靜，跟我進去。」崔主任一馬當先，踏上象牙色拱門下的闊梯級。如果你是教徒，步進教堂、寺廟或神社時，就如演員走入劇院，完全拘束，又完全放鬆。拘束因為地方神聖，任你才高八斗，能幹本事，於至高無上的信仰前，始終卑微如塵；放鬆因為你回歸本源，不論外界妄亂失序，自身善惡相纏，在永恆無誤的精神包圍下，自然釋懷，彷彿就要感到被安葬於此的絕對祥和。

劇院裡最大的地方不是舞臺，而是觀眾席。對，演戲是為了讓人看，讓人大開眼界。一劇上演，萬人受惠，舞臺是精神和思想的發射臺。觀眾席隨坡而下，既有正面向著舞臺的，也有側面圍住舞臺的，像一個峽谷，進谷的人不放過每寸土壤，從四面八方榨取底部的養生精華。舞臺在底下雖顯得窄小，然它卻攬盡全院的目光，無它則無進谷的意義，無它則無活在演藝之城的意義。它靠演員啟動，演員靠它過活，宏偉的建築無非是為了庇護它。

「大家也一定來過這裡看劇了。這裡共一萬三千七百五十二個座位，最前的三分之一預留給演員和藝評員等前線同業，餘下的三分之二供一般觀眾購票自選。這裡跟西星劇院和柏央劇院一樣，接受觀眾憑免費派發的『每戶每月三劇』換票證，自由換取心儀劇目的入場票。

換票證雖然免費，卻只限當月使用。如被發現當月內沒用光換票證，不但不可延帶至下月續用，更有機會被發出警告票，喪失部分公民權利。我想大家也清楚，演戲是大家的榮幸，而看戲則是演藝之城的公民責任。因此，為了確保每名觀眾充分吸收每套劇所傳遞的精神和意義，劇院於劇終時會邀請觀眾填寫問卷。如答錯相關問題，觀眾將獲發該劇的下一場門票，溫故知新，直至答對所有問題。此外，每個觀眾席的椅背後，均設置迷你錄影鏡頭，方便劇院收集觀眾看劇時的反應，進而轉交給校方和藝館等專業部門，協助檢討演出和研發新劇本。大家現在可隨意挑選座位坐下，從劇院不同的角度，反觀舞臺和觀眾之間的距離，從而思考在臺上演戲時，該面向哪處釋放身體，又該如何避免陷進舞臺的盲點。」崔主任沿觀眾席的梯級下行，劇院內只餘腳步聲。

淳每次來曼瑤劇院，或捧爸爸媽媽的場，或和菲一起看馬松欣前輩的戲，其他頂尖的劇目當然也看過不少。除了首十二行的座位，他沒有坐過別的。同學們陸續選定觀眾席不同的位置，高高低低，左左右右，零落無雙，如棋盤上進退兩難的棋子，不一會又移至意想不到的位置。淳懶惰，或由於行動不便，乾脆先把自己安置在最後那排，中間偏右。在那椅子上，淳感到自己和舞臺同樣變得渺小，彷彿坐在那裡的目的，不是為了看戲，而是藉眼下整齊而密集的座位，體會這座劇院頂天的高度，和觀眾鼎力齊心的集結。淳很想大喊一聲，聽聽聲線如何從劇院的邊界，傳繞至每列每排的座位。

「真的太遠了。臺上的一切，神情和肢體等等，從這裡看來，怕只捕捉到五、六成，真累壞眼睛。」淳心裡替後排的觀眾可惜又可憐，還認為要在如此位置看戲，不如不看。他猜想，後排的觀眾到底要多努力和幸運，才可答對問卷的所有問題。他沒有一次不是全對的，但他得承認，進場前在家中瞄瞄爸媽的劇本，準有幫助。

同學們坐立不安，幾乎如在家具店試坐沙發凳子般，這張坐坐，那張靠靠，不知是挑剔還是躁動。他們一坐下，便聚精會神地盯定底下的舞臺，以為多看一會，燈光便變，音樂便起，演員便出場。可是，舞臺依舊維持最考驗觀眾耐性的模樣——無人無物，是一幅全然「留白」的畫作。這實在是一幕令人感到非常空虛和孤獨的場景，原來不加點綴的舞臺，已能觸動臺下的觀眾，你看同學們全都望得入神。

雖然被廢了一腿，可淳仍然不辭勞苦，一步輕一步重的向舞臺進逼，隨步伐把舞臺放大。他偶爾跟同學擦肩而過，或不約而同地朝相近的位置走，彼此不發一語，不換眼色。他已來到中前排的位置，舞臺看起來遼闊多了，絕不辜負演員和幕後的心血。燈是一片均勻悶透的亮黃，從毫無影子的舞臺地板上，淳漸漸重見爸爸媽媽獨領風騷的經典演出。對，爸爸就跪在那塊地板上，迷迷茫茫地逐一撿拾地上的花瓣，一瓣一跪，膝蓋的響聲直像對白，隨爸爸的情緒時拖時促，或沉或柔，壓得全場喘不過氣來。然後媽媽於另一套劇中——那套一人分飾兩角的醫院劇——又躺在那角相同的地板上，天真樂觀地等候永遠不至的救援；胸口紊亂的跳動，竟不及臉上舒泰的微笑叫人心疼。

「留白」果然讓人望見自己最想看到的東西。

「如果《氣球婚姻》在這裡重演就好了，說不定還能加上我這位新角色！」淳的心裡一提起「新角色」，耳邊便立馬響起炮火橫飛、哀嚎沖天的聲音，集中得只他聽見。他故作冷靜地凝視空寂的舞臺，試圖以平靜的視覺擊退煩鬧的聽覺。可是，忽然在舞臺中央手舞足蹈的，竟是視聽室天花板上那個鏡影！那個跟淳一模一樣的身影毫不怯羞地於單調的黃光下，一口氣滾地揮拳折腰，彷彿只有他才看得見透明的刀槍拳腳，在四面楚歌的窘況中接招出招。淳在椅上依然不動聲色，怕同學們或崔主任發現他在獨享片刻的私人演出，又怕稍一分神，臺上那青年軍便會連人帶聲猝然消失。臺上的身影較鏡子中的小了差不多一半，故淳得分外專注，才可緊隨主角一分一毫的牽引；他的左腿明明是重點，可他老是側著身體，多以右半身朝向觀眾，真是一忘我便大意。音響明顯漸漸加大，體力也該趨向最後爆發的階段……

「劇院的舞臺為表演重地，除了演員和工作人員外，一律嚴禁他人踏足。我們這次先借觀眾席拉近和舞臺的距離，待你們畢業後，憑實力獲選為劇院直屬劇團的成員，便能名正言順地步上眼前這舞臺。由於燈光部和道具部快要為新劇測試舞臺效果，我們多待五分鐘便於大門外解散。」崔主任站在前排座位附近，嘮叨得把淳眼中的舞臺一掃而空。

青年軍倚重右腿的支撐，憑記憶慢條斯理地摸向劇院側道上的洗手間，可工作人員為了搬運音響器材和道具，三番五次於道上豎起「此路不通」和「改道」的臨時指示牌，害得本來已舉步維艱的淳爬了不知多少冤枉路。他轉來轉去，尋尋覓覓，逐漸遠離印象中通往洗手間的路徑，卻也回不去平常到後臺探望爸媽時必經的那條主道。前後的人忙著開門關門，一箱箱拆了未拆的東西在手推車上堆疊如山，搖搖欲墜，爭分奪秒地衝向該去的地方。淳在道旁歇著，深知自己既礙事，也不關事，巴不得乾脆盡快離開，洗手間在外找也不遠。他碰碰運氣，無頭蒼蠅般接連拐過數個彎，梯級也上上落落了好幾段，誠心地一推門，迎面的竟是一間昏暗得不見盡頭的雜物倉庫。倉庫的氣息跟失志樓的單人廂房不相上下，使淳一時懷疑，這裡會否又是培養演員情緒的祕地。他愈往前看，倉庫愈像一所慘遭搗亂的博物館，稀奇的珍寶雜亂無章，錯眼一看，還真讓人以為這是一條顛覆空間的怪隧道！為了提防東歪西倒的雜物，加上燈光殘微，青年軍偷偷自行復原左腿部分的勁力，保平衡，免意外。攔路的權杖、掛牆的原塊虎皮、破櫃而出的蝴蝶標本、上半放大下半縮小的立地魔鏡、懸空的粗彈簧和旗幟……琳瑯滿目的物件，皆披上琳瑯滿目的蟲蟻屍體，叫步步為營的青年軍欲看又止，想摸卻怕。這些令人摸不著頭腦的異物，對淳來說偏有一種微妙和熟悉的感覺，畢竟他跟它們同為道具，現在碰巧共冶一爐。

雖然倉庫無窗無空調，把裡面的悶氣困得又熱又霉，可一股清香的茶葉味正從倉庫的深處徐徐飄出，掠過滿室腐味，最終混成如過期香水的餘香。

淳踢到一支塞滿鑰匙的玻璃瓶。

「床快來了！請等等！」茶香那處的女聲喝過來。

「床？」青年軍還未弄清裡面是誰，竟呆頭呆腦地應聲。

「爸！別睡了！起來！」喉嚨乾乾的女子一邊催促，一邊喘吁吁的走到虎皮下，滿額汗。

「我們快把床搬上舞臺了，你先在外面等等吧。」女子也還未弄清面前是誰，便力有未逮地敷衍著。

「茶剛泡好，躺一回再幹吧。」氣定神閒的老男聲隨茶香傳出來。

「不好意思，我不是來催你們的。我迷路了，參觀後一直亂走，走到這裡來。有甚麼需要幫忙嗎？」淳湊近櫃上一盞小銀燈，把自己的面貌照個明白。

「啊！抱歉！我以為你是道具組的人！參觀？你是……？」女子依舊站在虎皮下，分身不暇。

「我是表演科學生，其實也來過這劇院很多次，就是剛剛走到——」

「啊！真厲害呢！抱歉這裡亂七八糟，實在不是你該來的地方。你快上去吧，留在這裡對你不好。」女子好像略略鞠躬了一下，又撲回茶香處。

「爸！床要還人了！遲了可得被罵！」

青年軍再次感到自己既礙事，也不關事，不，這裡的一切似乎和他一樣，都聽舞臺的召喚和差遣，怎會不關事？他抱著脆弱模糊的直覺，退至倉庫門外尷尬地守著。

倉庫裡的老男聲和女聲持續囉嗦了好一會，才被「咕咚咕咚」的此起彼落的噪音蓋過。青年軍滿有戒心地在門外探看，只見一臺無枕無被的單人床，跌跌撞撞地越過一切雜物；床頭靠一名矮胖的男人撐著，床尾則由比他高瘦得多的女兒負責。床如遇上急流的小艇，隨父女時而合拍、時而失手的掌舵，斜著勉強穿過門口。

「你怎麼還在這裡？不懂路走出去嗎？」女子被床壓得挺不直身子，連嗓音也好像被捏緊了。

「沒事！我就是想看看有甚麼——」

「回頭我帶你出去，你先等著。」女子背向走廊，一邊扭頭一邊喘氣。「爸你抬高點吧！」

絲絲茶香從倉庫的暗處游向門口，提醒青年軍裡面尚有未知之處。他聽著那對父女愈走愈遠，於是便一鼓作氣抖著腿，步進那少了一臺床的倉庫。庫內的格局和藏品依然叫人嘖嘖稱奇，可此刻勾住淳的心的，只有盡頭的茶香。苦苦擺脫周遭的旁枝後，他猶豫地撥開一幕長布簾，茶果然在此！不僅是茶，爐子、廚具甚至較道具還真的大蒜和蘿蔔，通通躲在那床原本的位置旁邊；於一般廚房而言是簡陋，可對如此叫天不應的倉庫來說，簡直是色香味俱全的迷你綠洲！淳既驚且喜，如發現一角欠缺演員的小劇場般，迫不及待探看附近的陳設。爐子對面立住一棵永遠高壯的聖誕樹，父女怕它冷，乾淨的髒臭的衣服全搭在它身上。床底原來滾著兩個地球儀，陪伴「吱吱」不倦的老鼠耍樂；牙刷和梳子綁在長布簾的束帶上，效法蜘蛛網誘捕昆蟲。爐底一袋飽滿的垃圾，正朝淳的雙腳滲出棕色的汙液……

「不好意思！我們這種地方見不得人，來，我帶你出去吧。」高瘦的女子從布簾後忙著喘氣，即使用手搧風也無補於事。

「抱歉，打擾你們了。請問這裡……你們住在這裡嗎？」淳在灰黃的燈光下，一時被女子滿臉的汗珠閃得害羞起來。他憑學校那課「聲線和年齡」，估計女子不比他年長很多，只是大概因為勞動過度，她的眼睛和面頰已顯得蒼倦。

女子無從否認，但也不太情願承認。

「對，小小地方，夠我和爸爸用了。」她點點頭，雙手叉住腰側，顯得更瘦。

「但床沒了，你們睡哪兒？」

「別操心，這裡五臟俱全。木櫃後不是豎著一臺沙發嗎？把它反過來，讓爸爸睡在上面就好。我一般攤開地毯，在地上睡也不覺硬。」女子搔搔頭，微笑著。

「你爸在哪？怎麼不到外面找間房子住？」青年軍縮起左腿，怕老鼠。

「他在舞臺上幫忙裝置布景。他就是這樣的，不動時懶得要死，非要人三催四請不可；手上一有活兒，倒要比誰都賣力。」女子拿起爐上的白碗，把剩茶喝掉。「我們幹這活兒的，在外頭不好找房子。又沒保證人，又掏不出甚麼來抵押，反正劇院隨時要人候命，它借我們家具和地方，我們也就日夜留守於此。道具用完即棄，還不如留在這裡，給我們作伴。」

「道具和布景對舞臺十分重要，真感謝你們費盡心思製作和保管。我只懂演戲，不，我也不是很懂，只是若果沒有你們照顧舞臺其他方面，我也無從享受演出。那麼，看戲對你們來說，豈不是家常便飯？都不用門票吧？」

「戲我們是經常看，可只是在後臺看，而且看的不是演員的演出。不同布景在臺上預設的位置、上一幕和下一幕的道具、臨時的替補道具，還有按突發情況搶救裝置等，都包在我們身上。因此，即使每套劇連續公演十多場，我記住的，怕就只有在後臺準備收發道具時，演員所說的某幾句對白。我得憑那幾句『提示句』及時行動呢！真慚愧，有時候，我連誰在說那幾句關鍵句也顧不來，反正一聽到『快趕去火車站吧！』，我便扶著火車站的布景，準備推它上臺。演員的對白是向我們發出的號令，戲輪不到我們看呢。」熱過了頭的女子從聖誕樹上抽起一條皺毛巾擦汗。

「我真大意，一心只想借角色的嘴巴向觀眾說出對白，倒沒留意原來你們也如此看重對白，且居然在劇情以外，賦予對白完全實際的功用。臺前臺後可真是隔著一段莫名其妙的距離……」淳瞥見爐上的破壁，早被油煙蒸氣染出斑斑點點。

「你們當演員的工夫高深得多，請不要把我們放在心上。你讀表演科，那我猜你的家人也是演員吧？」

「我的爸媽都是。之前來這裡看劇，也捧過他們的場，真有賴你們在背後打點一切。對了，那麼你們也得填寫劇後的問卷嗎？照你這樣說，該對那份問卷摸不著頭腦吧？」

「劇雖然看不成，但那問卷當然無人倖免。我和爸爸唯有分頭行事，向燈光組和戲服組取經，東抄西抄，總算過關。說真的，臺後的勞碌比那『死亡問卷』還來得輕鬆和容易，爸爸恨死那問卷。」女子忽然用毛巾半掩著嘴。「抱歉，我們不是不尊重演員的演出，只是——」

「貝貝！快上來幫忙吧！多拿兩條彈簧給我！」老男聲不知在哪處叫喊著，力求問卷的答案。

「來了！」貝貝俐落地從掛鉤上挑走兩條粗彈簧，又把毛巾直拋至樹頂，如許願。

「你跟我來吧，我順道帶你出去。」她比兔子還靈巧，蹦蹦跳跳的避開雜物。

青年軍的左腿始終急不來。

「好的，謝謝。」

大汗淋漓的貝貝在倉庫外回頭看，才發現淳那力不從心的步伐。雖然他萬般不願耽誤貝貝，但刀刃下的傷口，正嚴厲地警告他，不要忘記敵軍的殘害。

「慢慢來，我明白的。」貝貝在前面放慢腳步，不多看也不多問。演員自有難處，每人也自有難處，對吧？

「謝謝。」這裡是劇院，是演員最不該丟下角色的地方。他慶幸貝貝這位觀眾背向他，領著他。

青年軍把每段梯級和通道記得明明白白，他不能讓那倉庫消失。

「前面那門是劇院的後門，一出去便能看見環迴路。我要到舞臺找爸爸，祝你演出成功！」貝貝揮了揮手，便一個勁兒奔回「此路不通」那字牌的方向。

「謝謝你！」淳一踏出後門，抬頭四顧，便被曼瑤劇院宏偉典雅的建築再次征服。只是，從這後門出來，真不像大門前劇終人散的模樣；從這後門出來，淳看過的不只舞臺上的演出。

第三章　醃　製

桶中或有人，或無人，
可全都注滿沸騰的辣椒紅油湯，
瀉得桶邊和地面紅流處處

曼瑤劇院附近的演藝大道上，才一個上午，戶戶店鋪已恭敬不懈地開門迎客，秉持堂堂演藝大道的風範。大道的街燈跟舞臺的專業射燈一個樣，只是紅日掛天，街燈暫且無需效命。售賣劇院門票的商店每二十步便見一家，門前總貼上「即日公演」和「即將公演」的門票價格表，歡迎一較高下。從曼瑤、西星和柏央三大劇院，至民間大大小小的二線劇院和露天劇場，皆設門票公開發售；有的限時特價，有的長期滯銷，有的瞬間售罄。你問問店長，大概他能告訴你，民眾一般看戲的喜好、戲劇主題的潮流、各演員的受歡迎程度、誰冒起誰技窮，連哪個劇場的座位不好坐、哪家劇院的招待員特別凶，店長都自有統計和聽聞，真是演藝大道的活書本。

門票店之間的商戶，則以熱門戲劇和演員的紀念品招徠顧客，專借「明星效應」發財。著名道具的複製品、印上經典場景的浴簾、以演員的臉孔為模型的立體鏡子、響起對白的鬧鐘、同一場景但不同場次的劇照合集，讓你圈出不同之處……一套戲劇帶給你的娛樂，從劇院四處延伸，比問卷有趣多了。喜歡咬文嚼字的人，不妨逛逛大道上的演藝書店。在那裡，你可讀到曾公演過的戲劇的原裝劇本，也可翻看表演科專用教科書，甚至學校和藝館的面試竅門，皆有書可讀，助你早日考上「明星班」。

淳很少踱至演藝大道，他自有專屬的演藝大道：他不花分毫，劇院最佳的座位便到手；

董大師和爸媽是他的活書本，惟愈揭愈厚，愈讀愈不解。藝館和學校的圖書館應有盡有，雖然藏書壓得他垂垂掙扎。在淳的演藝大道上，只有自己演過的角色衰舊地留在記憶裡，成為紀念品，像倉庫內的道具不見天日，可他得隨劇本去舊迎新，盡量把這些紀念品一掃而光。

青年軍從曼瑤劇院的後門繞至演藝大道，鬧哄哄的氣氛不只使他害羞，更讓他感到近乎慚愧和歉疚。他遠遠瞧看數家門票店的價格表，堆堆數字爭持不下，比拚激烈，無非要讓大眾你搶我奪，以求一個好座位。紀念品店內絕對有爸媽演過的角色的相關產品，但青年軍不敢進內探看，怕被這大道竊竊煽動，助長以偶像包裝演員的風氣，使一套戲劇的成功，都被演員的風頭蓋過。即使他清楚，如沒偶像般的招牌粉飾和宣傳，大眾恐怕不會把戲劇追得如此熾熱，可這些以偏概全的商品，實在讓青年軍的心感到格外不踏實。他幾乎認為此類商店是多餘和有害，既扭曲了演員於劇本和舞臺真正的功能，也使人徹底遺忘其他劇院人員的貢獻。青年軍沿大道直走到底，愈看愈氣憤，卻又矛盾地暗暗知悉，他和爸媽一家，多少受過這演藝大道的吹捧，所享的福也許由這裡積成。

「這裡只懂把顯而易見的鈕扣放大曝光，把隱沒在昏暗中付出的部件壓得更低。名氣真對不起太多人。」青年軍明明被廢了一腿，心裡居然還急著可憐誰。

結在心頭上的憤慨順勢捲起青年軍對殘暴不仁的敵軍的怨恨，使他的左腿乏力非常。抱恨閣就在下一個街口，他得去那裡待一會。
從抱恨閣出來的人，無一不是紅彤彤，無一不是汗流浹背，無一不泛出辣呼呼的辛氣。淳數年前陪爸爸來，不到一會已禁不住拋下爸爸，手忙腳亂地從門口逃出來，惹得附近的路人咯咯大笑。他現在胸懷憤恨，滿腦仇意，想必挺得住抱恨閣的考驗，煉成一位滾燙的烈士。
在更衣室脫光衣服後，淳被一面直鏡呼喚，要他好好看清楚自己的身軀。這好像學校鏡子室裡的初級練習，只是淳正面側面的對著鏡子，呼氣吸氣，倒看不出這是一條飽經軍事訓練的鋼身子，而跟右腿完美對稱的那截左腿，依然骨肉俱全地連接上半身和地面。鏡子中的青年軍是一個完整的人。
這時，鏡子的後方忽然加入兩名顯然頭昏腦脹的男人。他們前額的青筋暴現，脖子粗而發紅，連嘴唇也厚得重墜墜的，合口幾乎不可能。淳被他們刺鼻的辣氣喚醒，不怯不懼，裸著殘廢的身體步進辣浴場。
數十個冒著蒸氣的大木桶井井有條地排列在辣浴場上，桶中或有人，或無人，可全都注滿沸騰的辣椒紅油湯，瀉得桶邊和地面紅流處處，像極一間烏煙瘴氣的廚房，非要把新鮮的人肉熬成辣汁入骨的惹味菜不可。淳一踏上浴場的地板，腳下的辣湯已把他煎得彈了起來，而失靈的左腿更害他差點滑倒！

「還是這麼燙啊！」青年軍咬緊牙關，碎步走近一個無人的木桶。桶內的紅湯濃得不見底，猖狂的氣泡如飢餓成瘋的魔鬼，不耐煩地催逼青年軍束手就擒。

「快下來地獄吧！」

青年軍一鼓作氣地遵命，如一塊未經調味的活肉，縮著身體浸在來勢洶洶的紅油湯中。他首先感覺到的不是熱，而是血脈被如電流般的動力鞭策運轉，使歇息著的身體一時內外矛盾，細胞不知何去何從。他不動聲色地讓辣湯干預心跳和內臟的活躍程度，從氣管至腸道，由腦袋到神經，都毫無防備地被辣氣衝得暢通無阻，似乎這塊鮮肉開始「入味」了。

即使辣湯只及頸項，可淳的臉龐已濕漉漉得如蒸鍋的蓋子，不管是汗還是水氣，都把眼簾和睫毛沾得又澀又癢；辣椒的辛氣由下而上，向他的五官窮追猛打，難怪一些木桶裡的人正咳得狼狽，或噴嚏連連。他聽著氣泡的咆哮，嘗試在桶中慢慢變換姿勢，讓四肢探索辣湯的流動。可是，雙臂竟如被紅油腐蝕至骨，軟弱得提不起來，而跟辣湯一樣燙的雙腿，別說移動，連感應水流的基本知覺也遭辛辣搶去，麻麻木木。

青年軍偏不讓惡勢力得逞，他喘著氣於湯下摸到左腿，指頭輪流握捏，惜左腿絲毫沒有感覺，如觸覺室那黑箱裡的斷肢，既屬於青年軍的，卻又不是他的。他捏來捏去，似乎快要認出左腿上那俐落無情的切口；切口湧出親切新鮮的血水，把辣湯染得更紅和略腥。淳泡在自己的血液裡，被血液猛烈地調味，始終覺得如此酷刑般的烹調方法並非上策。為甚麼？因為不管是他還是帶血的辣湯，皆永遠無法把手中那段殘肢拼回原處。那條被割下來的骨肉簡直是伴菜，是廚餘，食之嗆鼻，棄之可惜。青年軍不僅覺得可惜，還恨不得把那下刀的人一同扯進這木桶的腥風血雨中，命廚師加大火候，看誰先被煎皮拆骨。

重重蒸氣中，淳迷糊地看見有人從木桶裡竭力地爬出來，又有人昂首挺胸地跨進木桶裡，都忍氣吞聲，自作自受。這煉獄般的浴場按「以毒攻毒」的道理，吸引抱恨記仇的人前來，使他們心甘情願地抱著更大的恨和更深的仇離去。青年軍眼見一個個通紅的身影沉重地掠過，便不得不相信，他們同是被敵軍迫害至走投無路的鄉親，冀求於這裡浴火重生。對，青年軍的左腿雖然溶掉於辣湯之中，但他尚有這副耐得住煎熬的殘軀。奔騰不絕的血脈引領他沿劇本的步伐走，走至他被擄到敵軍的陣營那頁。在那裡，他發誓要替家鄉作間諜，狠狠地出賣敵軍一次。因此，即使皮肉和心靈正被酷刑折磨，青年軍都得忍辱負重，借敵軍的毒手以毒攻毒，壯大自己心裡的仇恨，讓仇恨足以使他在對方的陣地若無其事，馴服如羊，只差時機到來反咬一口。

滾滾辣湯不僅使青年軍「入味」，更用心良苦地助他入戲，使他對該死的敵軍恨之入骨。他似乎滿有信心，感到自己的身體百毒不侵，任敵軍嚴刑拷問，凌辱逼供，他也會照單全收，乖乖地當一頭投誠的犬，心裡卻無時無刻不詛咒敵軍一潰而亡。

眼看周遭跟他一起赴湯蹈火、淪落異鄉的鄉親自強不息，視苦楚如無物，青年軍頓感孤單不再。他了解木桶中的諸位和他血濃於水，而一起熬製出來的間諜聯盟，必定所向披靡，無堅不摧。啊，原來這裡不是煉獄，是暫時無法相認的同根人的鍛煉場。他們互不瞅睬，卻互相打氣，倒數湔雪前恥的大日子。

不只左腿，淳整個身體都變得不痛不癢，可謂一件爐火純青的上等辣肉；隨時上菜，攻其不備，誓要把敵人辣得痛不欲生。只是，紅燙如他實在惹人注目，十步以內都能嗅到他辣刺刺的氣息，怎能使人對他毫無防範？掩飾和偽裝是間諜不可或缺的伎倆，而演員本來就得專於偽裝來埋沒自己，提煉角色。換句話說，淳得演一個在演戲的角色，演一名演員，演一碟無臭無味、平平無奇的家常菜。在敵軍面前，他不但要鎮住心跳，磨鈍目光，連呼吸和語氣也得適可而止，喜怒不形於色。在此規範下，淳同時要讓劇院裡的觀眾看清，他其實是一碟其貌不揚但辣得要命的復仇菜；既想騙觀眾一場，又希望他們看得明明白白，如智者般識穿一切內情。那到底青年軍該如何面不改容、平心靜氣地走出抱恨閣的門口？他闊步一撐，從木桶裡連湯帶油的站到地上，迎接空氣勉強的冷卻。他始終辣，辣得又餓又沒食慾，還被自己的調味嚇怕。

「角色讓你嚐盡人生百味。」校訓是一本色香味俱全的食譜。

裁縫把一卷藍白格子布攤在客廳的地上，如置身沙灘享受日光浴般，躺下來仰看天花板上的六花陶瓷燈。她雀躍地東滾西滾，感受格子布的承托和軟硬，然後從工作圍裙的胸袋裡，掏出一枚三角粉餅，在布上沿自己的身軀畫出粗略的線條。她想記低躺下來的全身形狀，故她右手畫左半身，左手畫右半身，把客廳弄成凶案現場般，而自己正在陳屍的位置。

「給巨人國做衣服，要比這個尺寸大多少呢？」裁縫還未有頭緒，已被剛開門進屋的頂級辣肉嗆到鼻子。

「哇！你中了敵軍的痲辣彈藥嗎？快去洗澡吧！」裁縫看見兒子近乎焦紅的皮膚，便想起兒子的爸爸之前從抱恨閣回來的模樣。她知道兒子沒爸爸那麼強壯。

「在抱恨閣浸了一會，我該做的。」青年軍餓得只管嚥下辛辣的口水。

「那麼你該多忍一會，你們都知道抱恨閣的規矩：三天不洗澡，小仇變大仇。只要不抓破皮膚，三天後又是一條好漢。」園丁捧著一盆滿是刺的仙人掌經過客廳。

「辣到你們，不好意思。三天後我便會去洗澡，這幾天辛苦你們了。」淳的腿雙雙發麻，可他偏要讓右腳逞強。

「那麼你要吃點甚麼嗎？沒氣沒力的不是好演員啊！」裁縫跨過霸道的格子布，被辣味牽著走。

「晚點才吃吧！他現在只會把吞下去的東西全嘔出來，而且喉嚨還燙，吃東西不好受。淳，你跟我一起到花園看看植物，呼吸一下。」園丁按捺著，讓噴嚏知難而退。他既怕丟臉，也恐兒子多想。

一點也不像手掌的仙人掌落戶在花園最向陽的角落，跟一池花葉並茂的睡蓮為鄰。園丁戴上雙層手套，小心翼翼地從仙人掌上拔掉數根黝黑的短刺，然後把它們灑落在睡蓮池上，如仙人施法，使水面延展出互相抵消的漣漪。

「上次我帶你去，你一把腳伸進桶中，便叫苦連天得頭也不回，直接撲返更衣室。今次你可是自告奮勇，獨行獨斷了，不錯。」園丁仔細地檢查手套，怕藏了短刺。

「孤軍作戰，就得與自己為伴。我硬著頭皮進去，結果硬著全身回來。真佩服你當時不到一周便上臺演出，是要趁心裡的恨還燒得旺盛嗎？」淳凝望稍縱即逝的漣漪，希望心裡得到一點涼。

「那時在臺上的怨恨確實積得厲害，導演還怕我的情緒隨時間冷卻，於公演那兩周，天天陪我吃一碗麻辣麵！我多怕牙肉因上火而腫脹，咬錯字發錯音絕不許呢，你千萬要注意這點。」

「你那時在臺上凶成這樣，倒有點嚇怕我。我還擔心你會激動得昏倒下來，看得我多慌。」

「即使昏倒，也是那角色昏倒，是他真的被怨恨壓下來，是身體這道具額外的特效，使你分不清我在裝暈，還是體力真的透支了。沒事的，頂多把我拖回後臺，半昏半醒的繼續下一幕吧。」園丁瞥見仙人掌在地上的影子，想起舞臺上那束耀目又溫熱的強光。

「我的身體有時候真假難分，有時候倒又真假分明，使我有點害怕，怕無法完全如意地支配它，反被它弄得手足無措。」

「只要我們在角色裡面，支配身體的便不是我們，而是角色。今天叫你去抱恨閣的，是青年軍吧？叫我趕緊從這些植物中找出藥方，治療那群患上急性絕症的村民的，是園丁吧？角色的情緒無限，我們不該給自己的身體設限。好的劇本從不設限，也沒有觀眾喜歡看設限的表演。」淳的爸爸脫下手套，用指頭蘸蘸從仙人掌的刺口流出來的黏液，或許是良方。

「可青年軍不一定是一位受得辣的青年軍。三天後才洗澡，我豈不是要變成一件醃肉？」

淳定睛一看，手臂上的水泡開始冒出頭來。

「醃得入味，才可使遠至後排的觀眾也嗅得五體投地。晚點會愈來愈乾，愈來愈癢，千萬別亂抓。」園丁從仙人掌的汁液牽出絲來，早已忘記辣湯這老朋友。

零星的粟米粒散落在廚房的地上，如夜空裡某個星座的圖陣。原來裁縫正巧手地用針線穿起粒粒粟米，打算弄一條長達三米的酥炸粟米鏈。

「巨人國的項鏈大概都是這樣長。」裁縫一邊於心裡盤算，一邊害怕淳身上的水泡會長成粟米粒般大。

「整個鍋子都是油，你打算拿這玩意兒去炸嗎？」園丁一手提著仙人掌，一手指向那還不到半米的粟米鏈。

「這是酥香可口的粟米鏈，待會你準吃個不停。」裁縫把線段又拉又收，手臂的確有點累。

「他都上火成這樣，你還要炸爛他的喉嚨嗎？蒸吧！」仙人掌毫無懼色地躺在砧板上，等候園丁發落。

一粒粟米無聲地從裁縫的指間滑落。

「一心想著弄點開胃菜，真大意，幸好還未下鍋。」裁縫愈穿愈快，卻又忽然停手。「他真的撐得住嗎？都怪你之前帶他去抱恨閣，你的標準未必適合他。」

「這次我倒沒要求他，是他那角色自發的需要和決定。他熬得過浸湯的過程，現在還怕甚麼？」園丁把仙人掌切成條狀，重新砌出一個掌形。

「你不覺得這次的劇本對他來說太難嗎？別說切肢，間諜這類戲中戲的角色，我們也是畢業後好幾年才勉強挑戰得起。這不過是校內的例演，為何要如此急進，非要搬出這樣宏大的劇本不可？」針線偶爾使粟米的甜汁濺到裁縫的頰上，她不顧。

「長江後浪推前浪，你的標準也未必適合他。這城要進步，得靠演員和劇本的推動。不管學校、藝館或劇團，他們所寫的劇本，都是為了這城的裨益。要淳這一輩的演員精益求精，勇於嘗試，無非為了要他們加快成長，早日獨當一面，迎難而上。你想想，他日我們老了，這城就得靠他們這輩。種根這回事，遲還不如早。他們將是這裡龐大的綠蔭，替大家遮風擋雨。」園丁橫橫豎豎的刮掉仙人掌的外皮，驚訝裡面的肉身光滑彈韌，像果凍。

「我們已經建樹不少，真有必要急著催逼年輕一代嗎？淳的表現一向出眾，只要他循序漸進，自會成大器。我只怕他一時受不來，有甚麼反效果也難說。」

「他成不成大器也難說。我和你是演員，不必然使他也順理成章地成為一位出色的演員，但無可否認，他一直受學校和藝館特別的關照，或多或少是因為我和你是他的父母，別人不好意思不給點面子。既然如此，他更應該珍惜機會，證明自己的實力之餘，也讓我們這『演藝之家』的招牌得以壯大。如果他嫌這角色太艱深，把它讓出來，你知道班上多少同學搶著接演嗎？你可以擔心，但不可以讓他身在福中不知福。」淳的爸爸把仙人掌的肉條反來覆去，替劇本裡惡疾纏身的村民焦急。

「我就是怕我們這家的名氣太大，讓他扛不來。畢竟演戲是他自己的事業，角色和劇本由他獨自摸索就好，他不應承受多餘的包袱和責任。」粟米鏈剛衝破一米大關，淳的媽媽卻懵然不知。

「要是我們名氣不大，哪有這麼大的屋子？藝館哪會讓我們優先享用一系列的設施？劇院哪會向我們免費提供彩排和演出期間的全部膳食？街上的人哪會對我們恭恭敬敬？我們享得特權，就要相應地有所擔當和表現。這不是包袱和責任，是等價交換。」

「那你和我交換位置吧，粟米鏈太長，這邊不夠地方。」

「待會是怎樣的吃法？從線上逐粒拆下來吃嗎？」

「每十粒一段，剪段吃。」裁縫把粟米鏈拖到另一邊。「你可別把線也吞掉。」

醃肉的辣味與日俱增，後來又因園丁調製溫和的草本浸浴而逐漸遞減。待至全身的皮膚不現紅疹，水泡盡消，淳才終於回復常人的模樣，照例相約菲於河邊見面。他笨拙地從家裡下山，沿那道鳥瞰演藝之城的山徑步步為營，歪歪倒倒，毫無閒暇細賞四周的鳥語花香。至山腳，河水如單線行走的車輛，齊心地朝單一的方向一去不返，卻不急躁。菲也不急，她正重新繫好那束彎彎的馬尾，使河裡的倒影也動起手來。

淳從後瞧見菲和她的倒影，難免再次憶起她在鏡子室裡的英姿。那時淳剛入校，對表演科的每項課程非常好奇。不管聽課或實習，他都全力以赴，又時常於下課後，苦苦纏著老師求教，希望獲得多一些肢體的練習，或發聲的竅門。難得鏡子課邀請高年級的精英示範，淳當然老早搶佔前排位置，拭目以待師兄師姐的表演。音樂的前奏一起，菲二話不說於鏡前對齊腳尖，雙手抱頸低頭，然後腰肢一下曲前、一下彎後的擺動，像一名直立在原地游泳的蝶式泳將；不到一會，她竟又以如此動態向橫跳躍，且雙腿先後著地，輕得無聲，彷彿是鏡中的影子跨了出來示範，使地板毫無聲響。淳的眸珠跟著這樣似舞非舞的律動轉，才驚覺原來演員可以舞戲合一，動身如動口，而呼吸竟然如此平和。那條舞個不停的馬尾，這刻正暗暗數著河水的節拍。

「會不會太曬？」淳走到菲的旁邊坐下，左腿忽然不抖不軟了。當然，這是他和菲例行的「卸角」密會，各自也得把角色暫時卸下得一乾二淨，才可聊個暢快。

「光天化日下的密會，夠刺激。」菲微笑著望了淳一眼，似乎嗅不到他日前頑強的辛辣味。

「都已經密會了無數次，還刺激嗎？」淳清楚菲沒有搞笑的本領，卻仍淺淺地回笑了一下。

「背對著冠冕堂皇的演藝大道卸角，以身試法，如此大罪怎會不刺激？」菲扭頭向後瞅了一眼，遠遠的演藝大道短小幼細，沒車聲傳來。

「只希望河水不犯井水，河水不要把我們供出來就好了。」淳重見二人於河裡的倒影，依舊覺得跟他們一點也不像。

「你猜這條河還有沒有見證其他人偷偷卸角？我倒想看看他們卸角是怎樣的一回事。他們為甚麼要這樣做？能把角色完全卸下來嗎？會掙扎嗎？說不定我們能跟這些人結黨，組織一個地下卸角聯盟。」菲盯住連綿不絕的河水，試圖搜索其他人影。

「但這聯盟的意義本身不是有點矛盾嗎？卸角本來是一件非常私隱的事，講求個人空間，附近稍有風吹草動都不成事。你這樣呼朋喚友，把卸角搞得鬧哄哄的，會不會到頭來甚麼也卸不掉？」

河水溫聲細氣地呼吸著，似乎不愛熱鬧。

「甚麼也卸不掉的話，那我們這群人只好互相幫忙排戲，轉型成為練戲聯盟，藝館和劇院準會好好嘉許我們。」菲聳聳肩，馬尾如鯉魚般縱一下身。

「你都拿過校內的女主角金獎了，還貪別的嘉許嗎？」

「即使我不貪，旁人也要求我貪，要求我追吧？不然憑甚麼爭進劇院的直屬劇團？看我下學期便畢業了，三大劇團的年度招募還未開始，全級同學都急得要死。」

「三大劇團的團員制為終身制，進得去的話就等於拿到一個鐵飯碗，誰不想就這樣一勞永逸呢？可是這飯碗也不是全鐵的，倘若劇團不滿意你的表現，不但可以把你開除，還有權終身褫奪你的演員資格，要你永遠無法在舞臺上立足，比普通劇團狠多了。因此，我的爸媽得年年月月保持水準，萬一有甚麼差池，便有可能永不翻身，鐵飯碗就淪為爛沙盤。」淳全神貫注地凝望二人的倒影，卻看不出影是由沙或鐵做成。

「在這城當演員的話，就要當一世，所以不論是在三大劇團或別的劇團裡演戲，都要有拚命到老的精神和準備。終身制也好，年度合約制也好，只是形式上的差別，而三大劇團不過嚴格一點，以保證他們的龍頭地位。」菲抬頭仰看天空，無雲無霞。她猜想自己變老後，天空是否依然這個模樣。

「所以我說錯了，不是一勞永逸，是一勞後還要永勞呢！」

「我們倒例外，現在我們不正是沒有為角色而勞嗎？多閒逸。」

「只怕我們年紀愈大，要演的角色便愈來愈複雜。到時候，我們不得不每分每秒全情投入，像現在一時卸角的話，恐怕不容易呢。即使依舊做到，卸角後重新拾起角色，也可能使我們倍感痛苦，就如跑馬拉松的道理，保持步伐長期應戰，總比貪一時輕鬆，歇腳後重新提步來得穩妥，始終怕接不上軌。」淳眺望河的對岸，暫時把青年軍擱在那裡。

「所以前輩們只好永遠走在角色的軌道上，不節外生枝，那便不會失足脫軌，被人砸破鐵飯碗了。」菲剛瞥見一隻烏龜在河邊浮浮沉沉，她知道烏龜的角色永遠是一隻烏龜，終身制。

「對了，之前我在街上碰見你的爸爸，他怎麼看起來老了這麼多？又上了一條新軌道嗎？」

「我也搞不清楚他這次演甚麼，老人是肯定的了，但為何天天在家裡翻舊東西，又對垃圾談天說地？還動輒向我大喝大罵，罵完又躲在房間裡抽泣自憐，真是謎一般的角色設定。怕要等到下月你陪我進劇院，才會看個明白。」

「那你盡量別把他的脾氣放在心上，不，不是你爸爸的脾氣，是他那老人角色的怪脾氣。

他不過是借你來投入角色，使角色變得成熟，跟自己形影不離。」

「我當然清楚，我也的確沒有多餘的工夫應付他。校內的訓練如火如荼，我的角色也不容易呢！真懷念他去年演那個闊綽的大亨，天天派我一大疊零用錢，我可非常樂意陪他練戲哈哈！」菲的倒影一邊發笑一邊蕩漾，使淳的影子也蠢蠢欲動。

「那時候我們經常用那筆錢豪買大魚大肉來這裡吃，你說如不趁那大亨劇完結之前，花光那筆錢的話，你的爸爸便會向你討債，真是財去人安樂！」

「好吧，我們也得去練戲呢，下次我買點東西來一起吃。」菲一站身，便不假思索地把那條馬尾改成左右對稱的孖辮，對，這樣才像她的角色。

青年軍也扶著椅背撐起身體，半仆半攧的背河而去。

河裡的倒影分頭行事，不留一點罪證。

第四章　忍　辱

他怕一旦把周遭弄個明白，水落石出，戲就穿了，沒了

董大師房間裡的鵝黃色沙發添了一層黑色壓花布罩，使青年軍更覺這裡是藝館最富家居氣息的房間，較別的辦公室和功能室隨和。

「怎麼樣？在敵軍的陣地好受嗎？」董大師把劇本揭至〈第六幕〉，紅圈處處。

「我該當你是一位可以信任的人嗎？在這樣的險況下，防人之心不可無。」青年軍搞不懂這裡是否屬於敵方的陣地，或董大師是否敵方派來試探他的神祕人物。他只管盡其角色所能，不輕易向外洩露半句真話。

「那麼就當我們正處於你的家鄉和敵方之間的一個虛擬地帶。這裡只有我和你，而我不過是一位獨立於任何一方的過路人，放心聊聊。」董大師瞧瞧青年軍的雙腿，發現它們似乎跟職業運動員的肢體差不多，都因過量的重點訓練而導致肌肉不對稱。

「一個受保護的虛擬地帶本應使我放下戒心，但正正因為這樣虛無，才又使我疑惑起來，不敢鬆懈。」青年軍抵抗著董大師的誘導，他相信只有和菲的卸角時光，才是最讓人放心的祕密，既虛擬又現實。

「試試把我當作一棵杉樹如何？人太複雜，難以互相信任；植物單純得多，跟它聊天準無後顧之憂。」董大師滿有耐性地跟青年軍玩遊戲，彼此見招拆招。

「好，杉樹年長沉穩，見盡世態，是可靠的大前輩呢。」青年軍忽然想起家中花園裡的盆栽，它們全是守口如瓶的聆聽者，如河。

「你認為敵人為甚麼把你留在他們的陣地？」

「他們濫殺無辜，刀下無情，卻居然留我一命，還把我帶到他們的地方，絕對另有所圖，不懷好意。」

「那麼你覺得你對於敵人的價值是甚麼？」

「我不過是一名青年軍，還被他們廢了一腿。如果他們看中我的武功，想我為他們的軍隊出一分力，絕不會對我的身體狠下毒手。既然身體無用，也許他們要的是我的鄉人身分？向我逼問，從我的口裡套出家鄉的祕密部署和資源禁地等機密資料。問無所得的話，我絕不會有好下場。」

「你會忠於家鄉，不洩露半句資料，還是選擇自保，投向敵方，聽他們差遣？」

「家鄉的命運遠比我的賤命重要，敵人要怎樣處置我，隨他們喜歡，總之我絕不會出賣和加害於家鄉，一切以家鄉的利益為首。」

「如果敵方顯出誠意，希望收你為他們重要的子民，從此泯斷恩仇，不分族派，那麼你願意跟他們結成新勢力嗎？」

「我願意，因為我得博取他們的信任，潛入他們的核心，蓄勢待發，時機成熟時，把他們連根拔起，還我家鄉公道。」

「你不怕被他們識穿嗎？這樣鋌而走險，萬一事敗，你將會十分淒慘。」

「哪有比家不成家更淒慘的事？與其一輩子寄居於仇人的魔掌下，跟他們稱兄道弟，以虛偽的幸福掩飾血海深仇，不如沉著氣見機行事，為家鄉留最後一口氣，爭最後一口氣，不能忘本。」

案上的劇本正審慎地傾聽著，如一名觀人入微的考官。

「為了博取敵方的信任，你甚麼也願意做？能堅持到底嗎？」

「我想我會盡量權衡輕重，以家鄉最終和最大的利益為大前提。我的犧牲不算甚麼。」

「如果敵方要犧牲的不是你，是你的鄉親呢？假使敵方要你殘害你的鄉親，來證明你對敵方的忠誠，你會怎麼辦？」

青年軍的心臟忽然躍騰了一下，他想起辣浴場上同生共死的條條肉體，多赤裸又耐耗的生命。

「比起殘害鄉親，我對自己下毒手不是更能顯出誠意嗎？反正我已斷了一腿，多挨數刀也沒大相干。」

「你能想像復仇的歲月有多漫長嗎？你憑甚麼信念走過苟且偷生的日子？如果你在敵方

的陣地裡愈活愈好，衣食無憂，你的仇念會動搖嗎？」

「自從敵軍入侵我的家鄉後，我的歲月就停頓了。即使後來敵人讓我衣食無憂，甚至大富大貴，這種層面的好都無法收買我，也跟家鄉對我的恩情沒法比。我靠甚麼在敵人的地方裡度日如年？回憶吧，思念吧，天真的冀盼吧。家鄉帶給我甚麼，我便得帶著甚麼把家鄉追回來，換回來。」

「你投靠敵方的話，不怕你的鄉親誤會你出賣他們嗎？你能抬起頭面對他們嗎？」

「一時的個人榮辱，用不著計較。大局為重，哪怕直至我喪命時，大仇仍未報，可只要我心裡清楚，我生為家鄉人，死為家鄉鬼，便對得起家鄉和鄉親了。」

「好吧，意志堅定，目標清晰，身心堅忍，就看你在敵人前偽裝的功力，能否保你性命，成就大業。口是心非是人類為了保護自己而養成的通病，有些人表現得很自然，有些人卻顯得唐突和刻意，而你在敵人前口是心非，要保護的不只自己，還有整個鄉群。企圖愈大，愈要把聲色化繁為簡，瀟灑地混過去，切忌畫蛇添足。」

「明白。直接面對敵人的猜忌，不多拐彎抹角，要較對方更坦蕩。他們愈要測試我，我愈得把心胸空得一乾二淨，叫他們捉不到半點蛛絲馬跡。」

「去功能室練練吧，差不多時候了。」董大師把劇本放回抽屜裡，虛擬地帶瞬即消失。

沿露天短橋返回藝館的主樓，青年軍環顧四周，耳聽八方，絲毫不錯過遠近的動靜。他戒備，卻不可顯得鬼祟；他謹慎，卻不能看似膽怯。藝館臥虎藏龍，誰知道路過的人是正在練戲的同業，或是敵方的監察員？即使青年軍欲觀摩周遭的角色如何收放自如，形神兼備，可自身難保如他，這刻實在不便打擾他人。好歹是敵方的陣地，十面埋伏，察覺與否，全看你的神經夠不夠活潑。青年軍的左腿的確不活潑，但這不具殺傷力的軀殼恰巧掩飾他那無可限量的機心。這披著羊皮的狼，不，這拖著斷腿的兵推不掉敵方的邀請，只好將計就計，踏進那間照例讓人防不勝防的嗅味室。

如青年軍所料，嗅味室的招待員依舊不苟言笑，人心難測。敵不動，我不動，待至招待員檢查許可證後，青年軍才緩緩跟隨對方，掠過一洞接一洞的滑梯口。有人坐在滑梯口膽顫心驚，驚迂迴無盡的滑梯隧道是一所沒有出口的迷宮；有人剛隨滑梯的引力一躍而逝，以為尖狂的喊聲能抵抗滑梯的漩渦。青年軍記得九號洞口，那青綠色的入口如塑膠渠口，又如怪獸腸道的切面，冷冰冰地把他卡住近一小時；奮力哭啼，又奮力跟招待員搏鬥，結果鬧累了，背上被狠狠一推，他便首次體會滑梯如何用心良苦。它讓你滑得翻天覆地，千迴百轉，無非是要滑掉你的方向感，弄昏你的視聽感官，使你從終點破口而出時，只餘嗅覺和味覺靈敏無損，便於集中應對接下來的訓練。

「十三號，你的訓練從這裡開始，下去吧。」招待員停在十三號滑梯口前，公正地目送青年軍。

「又是青綠色。」青年軍從容地坐下，一邊擺好雙腿，一邊交叉雙手護胸，多資深的滑梯選手。他省得讓招待員操勞，一吸氣便如魚般沿梯口滑下，暢快地流進急而乾旱的川溪。雖然減了一腿，但青年軍的體重照例是幫凶，按公式跟滑梯聯手，疾速地把他捲扯得幾乎躍起；拋左蕩右，動力有增無減。他當然覺得刺激，甚至始終覺得有點可怕，惟他此刻得用力勒住的，並非自身的衝力，而是喉頭的震動。高呼屬正常的生理反應，正常的生理反應不屬一名表裡不一的間諜。他仰望半透著光的永恆的青綠色，單調卻無可避免，煩厭卻無處不在，真像敵方狠毒的招數，纏人得要命。滑梯鬧彆扭鬧上半天，方突然放過青年軍這玩物，還準確地把他釋放至一張躺椅上，對，牙科診所裡那張專業躺椅。

刺白的射燈一個勁兒覆罩青年軍的臉龐，洗褪他眼前的青綠色之餘，又替他增添數分量意。從射燈的玻璃罩中，他粗略辨見自己的膚色和輪廓，如一幅被擦掉筆跡的肖像。這使他馬上竭力喚醒自己的意識，以防遭人乘虛而入。可他一嘗試挺起胸膛，旁邊一條關節連連的機械臂便把他按低，不粗暴卻敏捷。如此一個預警動作，倒使青年軍變乖了。當然，這裡是嗅味室，除了鼻子和嘴巴，身體別處根本派不上用場，何不好好倚在機械人的懷抱裡，以靜制動？

椅背後的機械人悉心地替青年軍戴上氧氣罩後，不是氧氣的氣體便沿導管撲至罩內，跟青年軍的鼻子打招呼。

「敵軍賜你高濃度毒氣，三分鐘後你將五臟全潰，皮爛而亡。」機械人如五音不全的歌手，快慢不定地通知青年軍。

罩內的氣味果然愈發濃烈，既像烤焦了的麵包味，也跟煮溶了的黑巧克力味相似。總之，青年軍正被這曖昧的氣體殺死。他明明可以跟機械人硬拚，摘下面罩自救，卻仍氣定神閒地任敵方擺布，靜候三分鐘後的宿命。

「毒氣不用錢嗎？如此奢華地賜我一死，能賺回甚麼？只要我心中無懼、無計，他們自然拿我沒辦法，三分鐘後準是徒勞一場。」雖然氣體使青年軍的鼻腔又濕又癢，可他盡量如常呼吸，又暗暗感受體內可有異樣。除了跟一般人看牙醫時一樣緊張外，他並沒感到別的。他相信自己仍然安好。

呼著吸著，白光猛厲，面罩侷促，青年軍沒聽到任何計時器響鬧。他多嗅一會，毒氣的味道顯然轉淡了，然而供氣不斷，似乎罩裡正換入另一種氣味。

「這是你媽媽的遺體的氣味，她昨天被敵軍所殺。」機械人把之前的說話拋在腦後，滿腔怪誕的口音。

青年軍用力眨了數回眼睛，時而全然閉氣，時而為了生存和猜索氣體的虛實而淺淺地嗅喘。機械人毫無誠信可言，姑且勿理，但罩內這氣味……這氣味的確一點也不陌生。他抖著鼻孔欲吸又止，怕氣味終究獨特得使他憶起媽媽；憶起媽媽的話，機械人就當真不是開玩笑了。青年軍一邊僵著身體，一邊讓鼻子肩起重擔，從罩內的迷霧裡搜捕可疑的端倪。芬芳的果香味熱情地進佔面罩，滾來滾去怡人安神，還邀請——對，青年軍絕望地猜對了——古樸的檀木味混個徹底，合成媽媽愛不釋手的天然香水。他斷續地嚥下黏糊糊的口水，開始理性地思索。遺體還會留有香水的氣味嗎？能從昨天留至現在嗎？他們怎樣從遺體收集這氣味？媽媽死了，我更得留住性命，報仇方休。青年軍呆呆地盯住臉上的玻璃燈罩，如一名腦袋活躍但全身癱瘓的植物人。罩上的影子依舊模糊，可已經不像青年軍的面貌了；大小不一的凸眼、歪塌的鼻梁、撕裂的嘴唇、紫青的皮膚……原來媽媽的遺容是這樣，像媽媽，又不像人。痛嗎？想念我嗎？青年軍忍著淚水，知道機械人正監視他，敵方正刁難他，媽媽正保佑他。

他嘗試聽香水的話，慢慢放軟身體，像一名得到適當治療的病人，靠死去的至親續命。

均勻的果香味和檀木味源源不絕地把母愛灌進青年軍的殘軀，牽引其呼吸，麻醉其神經，溫暖其心靈，使他幾乎變回母體裡的嬰兒，只管愈睡愈沉。他吸入跟母體共享的空氣，抽取母體積存的營養，伴隨母體隆隆的心跳，是一條被寵壞的寄生蟲。然而畢竟罩內的氣體沒有麻醉成分，嗅味室的訓練也有時限，機械人只好秉公辦事，擾人清夢，無禮地除下青年軍的面罩，如替垂死的病人拔除維生儀器。他一驚，以為罩外的世界氧氣不足，忙咳了數聲才又定下神來，演他該演的戲。

為免冷場，機械人的手裡早已備妥一條脫了半身皮的香蕉，服務周到，只要青年軍賞臉張口。

「吃過這香蕉後，你將徹底忘掉舊時的鄉人身分，成為敵方陣營的新成員，為他們鞠躬盡瘁，無怨效命。」機械人把香蕉餵至青年軍的嘴邊，如一把指向頭顱的手槍。

青年軍還未適應不經調味的空氣，也提不起甚麼食慾來，然眼前這條平平無奇的香蕉，居然不分是非黑白，淪為敵方的工具，真使青年軍巴不得一口咬噬它，看它如何故弄玄虛。年少自然氣盛，何況青年軍不是跟董大師說好了，得坦蕩蕩地面對敵方的試驗嗎？既然香蕉非要挑釁不可，那青年軍也不客氣了。他果敢地大口嚼嚐，把報仇的決意和思鄉的濃情，一概化作無盡的食慾。蕉是蕉的質地，這絕對不會搞錯，可青年軍的舌頭多捲兩下，侵佔口腔的竟是極鹹極鹹的汁液，幾乎如消毒酒精般，把他的牙肉醃得灼滋滋！

「這是甚麼鬼東西？真把我的味覺弄壞了嗎？還是壞心腸的香蕉就是以鹹代甜？」青年軍清楚自己的臉色稍稍起了變化，於是急忙擺正五官平常的模樣，吐是萬萬不可的事。也許這只是機械人一貫的惡作劇，也許剛才累壞了嗅覺，現在連味覺也失準了。青年軍猶豫地吞下香蕉——如果那是香蕉，可他每吞一口，喉嚨便疼痛得如被針刺；多吞數口，連眼睛也快要溢出淚水，真像啞子吃黃連！他這才後知後覺，慌忙地疑惑起來。這該不會真是一條洗掉記憶的怪蕉吧？我一心故作忠誠，對他們唯命是從；不掙扎，不反抗，以為順他們的意，準能蒙混過關。這下子反被他們騙個徹底，反被他們利用我的心態，讓我乖乖就範得無路可走。青年軍仔細地咀嚼，希望能留住任何天然的甜味，像他同時正賣力地於腦海裡，留住一切關於家鄉、戰爭和仇恨的記憶。他得跟自己的嘴巴鬥快，憑頑固的信念抵禦外來的邪法。只要尚存一絲報仇之念，也不能算是敗給了這怪蕉。

蕉已沒了過半，機械人依然盡責地監督著，就看青年軍為了演戲，為了生存，為了家鄉，能賭上甚麼。他從沒如此跟一根香蕉比拚較勁，還讓它一直入侵自己的身體，被它威脅、洗禮、征服。關鍵的記憶愈加牢牢地抓緊青年軍的腦袋，使他一邊平靜地準備蛻變成仇人的棋子，一邊勒令自己得嚴密地守衛內心最大的祕密。表面上盡讓香蕉贏得徹底，腦袋卻絕不能輸。他愈吃愈勇，甚至居然暗暗催促香蕉發功，跟他痛快地一決高下。蕉從頭鹹到尾，多得注滿鹽水的針筒，可它到底有否機械人聲稱的魔力，誰也難說。反正，青年軍吃畢後，只覺自己已煉成一名堅毅無比的間諜。這仗他贏了，他還要贏到底。

間諜的癮起，自然想找個隱蔽低調的基地東查西探。淳機警萬分地從藝館直溜至曼瑤劇院，途中不斷提防被人跟蹤之餘，也恐街燈路牌全是敵方的眼睛，要他隨時隨地無所遁形。如此龐大的監控規模，於廢了一腿的青年軍而言，實在不甚公平。況且他不是已經吃過那根使人棄祖背族的香蕉嗎？敵方大可放下心頭大石，跟這投誠的青年軍互建信任，冰釋前嫌。對，我該表現得從容一點，既然已被敵方洗腦，理應用不著心虛多疑。當羊就得像羊，當順民就得像順民，落落大方才可使日子容易、清白。除了管好步伐，調整呼吸，鎖定方向，淳決定少理四周；四周是敵方陣地也好，流動舞臺也好，演藝之城也好，家也好，都輪不到他區分和判別，且他怕一旦把周遭弄個明白，水落石出，戲就穿了，沒了。不成戲，不成人，他得保住跟他形影不離的劇本，依其牽引，赴抵注定的地方。

劇院的後門沒鎖，間諜大喜，喜在心中，不形於色。「此路不通」和「改道」的指示牌還在走廊上，可位置和數目似乎跟他的印象不大一致。樓梯的出口倒沒改變，於是間諜耐性十足地逐步回想這條曾跟貝貝走過的祕徑；哪兒拐彎哪門勿推，他都先三思而行，以為走錯一步，劇院就會天崩地裂。左腿無能存起多少記憶，故間諜指望的，只有似曾相識的視覺，還有把原路倒走的方向感。上一層，下兩層，今天的後臺明顯清靜得多，不知道是工作人員在別處忙，還是間諜獨自墮進歪路。樓梯級級如是，走廊一律筆直，害他忽然恨起香蕉來，蕉盜取了這條不可消失的私路。他禁不住略略加密腳步，打算把對的路縮短，把錯的路糾正，劇院能有多大？就在他快要掠過這層他肯定沒有印象的走廊時，眼角和腳跟一煞停，朝後，那半合的門霉霉灰灰，不正是一間雜物倉庫該有的門嗎？間諜還未搞清楚此刻的身分，便如獲得救贖般急急投向那門。門一逼近，倒又使他冷靜下來。

「這麼快回來了？」貝貝從門後一喊，把淳嚇得進退失據。

「啊是你啊！抱歉，我以為爸爸從臺上回來，搞錯了！你怎麼又在這裡？有甚麼事嗎？」

她草草把手裡的旗幟捲好，又是滿身汗。

間諜為甚麼在這裡？他有甚麼事嗎？他自己也不大清楚，他無可奉告。

「沒甚麼，碰巧又來劇院，便順道看看你們。又在忙道具的事嗎？」間諜遇誰騙誰。「製作費預算有限，我們不得不循環再用部分舊道具，把它們改頭換面，騙過觀眾哈哈。」旗幟的長杆只及貝貝的肩膀，如一根茅。

倉庫裡依舊昏暗雜亂，間諜一邊跟隨貝貝愈走愈深，一邊辨察各件奇珍異寶；異寶中又不乏尋常物，看得他私自把這裡當成甚麼案發現場，或機關重地，任何疑點都不能放過。

「物盡其用，就靠你們的巧手了。床還未退回來嗎？」間諜瞄見爐子旁的地方仍然空著，只是茶香不復現。

「現在才是彩排的初期，怕要等到下月底，那床才功成身退。沒床也好，你看這裡寬敞多了，我和爸爸走動起來也方便。」貝貝把旗杆倚在櫃旁。旗是甚麼顏色，間諜始終沒法瞧個清楚。

「除了道具方面，你和爸爸還要幫助其他部組嗎？」間諜坐到沙發上，豈料臀下的布棉一陷不起，差點把他的屁股栽到地板上。

「幫忙也許說不上，就是盡量互相配合吧。戲服的顏色要跟道具相襯，剪裁也得配合角色使用道具時的動作，而布料最好不跟道具選用同一款，如一名穿著連身絨裙的角色，坐在一臺絨布沙發上，絨上加絨，就難為了燈光組的人員，也讓觀眾看得乏味眼花。於臺上呈現的一切，都得通過燈光組選用的燈影過濾和加工，實物和真人的顏色和輪廓，無不借燈影修飾；添補的添補，減淡的減淡，我們都稱燈光組為魔術師，把戲服和道具的不足之處一一修好。」貝貝把手伸進木櫃的頂格，掏來掏去空手而回。

「燈光的感染力的確很強。別說觀眾，就是我們演員站在臺上時，多多少少跟燈光效果相輔相成。我們的情緒隨燈光變化，燈光又按劇情轉換；誰帶領誰，誰渲染誰，真難以於分秒間判斷出來。觀眾為甚麼偏愛進劇院看戲，而不隨便找個露天的地方看表演，大概正是因為劇院的舞臺效果夠震撼。紅光藍光一灑下來，誰不被吸進戲中呢？燈光絕對是劇本的對白以外，一項扣人心弦的信號，幾乎比得上語言。」

「難怪燈光組的人員格外賣力奉獻，即使賠上健康也在所不惜。我和爸爸只懂替道具小修小補，真慚愧呢！」

「賠上健康？你指他們得熬夜工作嗎？」間諜一不明白，便得問個明白。

「熬夜是每個部組的常事，算不上甚麼，但燈光組為了於演員進劇院彩排前，預先設計好各個場景的燈光效果，不得不利用『燈光模特兒』代替演員，在臺上這裡站站，那裡躺躺，讓燈光組把不同顏色和強度的燈光，逐一試射到模特兒的身上，來找出可行和理想的搭配效果。試燈的時候，舞臺真像一部失靈頻頻的電視機。一下子刺眼的強光，一下子幽暗的沉色；

時而紅加綠，時而黃混藍，連閃數秒後又漆黑一片。待模特兒眨一眨眼，臺上忽然盡是夕陽的紫霞，看得我們實在跟不上燈光組到底正在試驗哪一幕的效果。」

「那麼模特兒的眼睛受得住嗎？」

「聽爸爸說，那些模特兒每次在臺上得站上六、七個小時，沒墨鏡，沒帽子，更不用說眼藥水了。暈是從來沒暈過，但他們一返回昏暗的後臺，總得伸出手來東摸西碰，怕是一時適應不來，視覺難以辨識空間和光線，才會顯得這樣狼狽。」

「他們輪班頻繁嗎？多替換一下，也許能減輕每人的視力和精神負荷。長遠來說，對整個燈光組有利無害。」間諜由衷地給予意見，絕沒試探的意味。

「基本上，每個部組的人手省得就省，寧缺勿濫。缺人的話，每人大可加班趕工，濫聘麼？怕會傷盡財政部的腦筋呢。只要我們能力所及，本分內外的事都不推辭；眾志成城，燈光模特兒也好，戲服組也好，我和爸爸也好，都會竭力配合劇本和你們演員的需要，讓你們毫無掛慮地釋放演技，把整個舞臺的心血傳遞至每位觀眾。你不用替那些模特兒操心，他們對燈影的感覺如何，燈光組一概不問。把舞臺的視覺效果大致編排好，燈光組才會直接徵詢演員受光時的意見，加以調整。」貝貝揚開一把印有山水畫的摺扇，搖了數下後把它遞給間諜。

他不受。他受不起。

「我們都為劇本辦事，只是一想到原來替身為演員吃過這麼多苦，便不禁覺得是演員把皮肉之傷轉嫁給替身，幾乎屬卸責了。落在演員自身的光效，由演員去受就好。找替身來當箭靶，實在有損演員的專業精神，談不上親力親為呢。」

「試光需要耗用很多精神和體力，搞不好連情緒也會因為燈光的變化而起伏不定，哪值得驚動演員，大材小用？何況演員的眼睛一旦被燈光弄壞了，劇院找誰來演戲？每人的價值和功用不同，讓替身做他們該做的，演員自可省點心，演他們該演的。」摺扇掀不起涼風，反而有塵。

「那麼其他部組的人都跟你一樣，借劇院的地方寄住嗎？」間諜趁燈暗人稀，多探問。

「爸爸除了負責道具和裝置，也懂一點水電工夫，算是半個維修技工，所以劇院才讓我們通宵寄宿，幫忙看守這裡，處理一下突發狀況。大部分工作人員都在外面找地方住，且得盡量靠近劇院，方便通宵達旦來回工作。你都清楚，這劇院處於城中的黃金地段，工作人員既然租不起正式的房子，便乾脆勉勉強強找附近車房的地下室，大夥兒合租。偏好獨居的人，也就只租得起店家後梯的位置，還不厭其煩地笑稱住處有樓梯，多豪華的複式設計！」

牆上的原塊虎皮伏得辛苦，又跟貝貝一樣怕熱。

「原來這裡附近臥虎藏龍，真有賴你們不眠不休地合力守護劇院，舞臺的水準才高企不倒。」間諜猜想車房的地下室較這雜物倉庫大多少，或窄多少。「你們一起製作過這麼多套劇，有沒有跟哪位演員特別相熟？」

「不不不，哪敢談得上相熟？即使於彩排和公演期間，碰巧在後臺或走廊遇上演員，我們都得規規矩矩地低頭讓路，不作聲，不八卦，就怕自身的存在無意地打擾演員入戲的狀態，真是多一事不如少一事。演員再美再俊，我們也無福鑑賞呢。如果將來你有幸加入這劇團，便會讀到劇團手冊上的條例。它們一清二楚，訂明演員和各部組的關係，總之相熟是絕不可能。」貝貝說到這裡，才發現自己不正是跟一位準演員愈聊愈熟麼？雖然她不確定眼前這人來訪的目的，借她來投入角色？練戲太累得找個地方抽身歇息？但畢竟劇院規定，除了工作人員和觀眾，未經特許，一般人士不得內進。貝貝既怕得罪演戲的人，更擔當不起被劇院驅逐的風險。她覺得倉庫愈來愈熱。

「這倒跟學校的情況相似。表演科的同學從沒跟幕後製作科的同學一起上課，就連彼此上課的地方也相距很遠，幾乎沒有碰面的機會。如果不是因為每個學期的例演而湊在一起，我想我根本不會跟表演科以外的同學接觸。只是排戲的時候，老師實在盯得緊。我為了顧好角色，自然無暇多認識他人，所以每次演戲，我交的新朋友只有自己的角色，這可說是我們表演科的先天社交規限吧。不過，即使是同班或同級的表演科同學，老實說，也看不出甚麼特別相熟的表現。我不時意識到，大家的競爭和猜忌之心愈來愈大，尤其剛獲發新劇本的時候，每人所得的版本都不同：有的隱藏了部分角色的演員名單，有的只注明單人訓練的安排，有的甚至分階段揭曉劇情，真使我們紛紛好奇劇本這葫蘆裡到底賣甚麼藥。只是，我們都清楚，劇本嚴禁交換，而劇本對白以外的話，則不進耳，不出口。如你所說，『相熟是絕不可能』。」一般的間諜多話，不外乎是為了跟對方打好關係，博取信任，以從對方的口中套出資料和內情，但淳這間諜竟情不自禁地自說自話，還反把學校的情況向外解說，自揭其思，難道他真的非常渴望交朋友嗎？

「相熟不相熟，大概也無所謂吧。畢竟舞臺前後的分工繁複，而每個崗位投放的心力也不同，索性聽劇院和學校的指示就好。我想他們必有其用心，那用心準是為了舞臺和這城的好，對吧？」貝貝從沙發後推出一環扁皺的自行車輪胎，打算為它施一場大手術。

「對，大家的工夫也多，各忙各的不出奇。」園丁和裁縫不就是年年月月各忙各的嗎？間諜也該忙自己的。「連車胎也難不倒你？我還是不打擾你大展身手了。」他從沙發上站起來，影子剛巧吞蝕半環車胎。

「這兒狹窄，真怕我的身和手會傷及無辜呢。不送你了，路你懂。」

「你先忙，小心別弄傷自己。」殘廢的間諜自身難保，居然還願別人保重身體，多管閒事。

從曼瑤劇院的後門出來，間諜即又墮進敵方的重重監控中，害他一時不肯定，該朝哪個鏡頭顯露自己的忠誠，向哪位擦肩而過的觀眾施演戲法。面前的環迴路循環不息地運送敵方的監控車和軍車，如一圈凝聚權威的魔法陣，虛張聲勢叫民眾拜服。間諜立在路旁定睛視察，忐忑地估量環迴路上的車陣中，哪一部載過媽媽淡香的遺體，哪一輛輾過鄉親的肉身。沒有一架車輛為間諜停下，或對他響號、廣播警告等，似乎他暫未算是對方的眼中釘。可他始終不能鬆懈，怕對方只是欲擒故縱，引蛇出洞，誰在明誰在暗難分難解，當心。

他領著毫不爭氣的左腿，沿劇院的側旁繞至僻靜的後街。愈不起眼的地方，愈是耐人尋味，間諜怎能錯過內裡的乾坤？他逐漸放緩腳步，恐防暗處有人埋伏，誰知後街從頭到尾荒涼幽靜，任他細意打聽，也聞不出一絲聲響。當然，這裡僅僅兩三車房，車全被駛至大路，替敵方吶喊助威，哪會閒在這裡？間諜先不走近那些殘舊破落的車房，怕打草驚蛇。從遠處看，車房正面的鐵閘不是拉了一半，便是全拉閉了，像極見不得光的賊窩。閘門半開的車房裡，地上滿是濃烏的油漬和凌亂的水喉；油漬一直髒下去，水喉一直懶下去，彼此互不干涉。間諜大概估計，如果隸屬於此的車輛從外面收隊歸來，每間車房怕只能容納頂多三輛，三輛還得緊貼著，才可勉強關閘。那麼，車房的地下室也跟車房一樣大嗎？還是只是一間迷你儲物室？軍車為了宣示權勢，在外招搖巡邏還不夠，還囂張得把辛勤的劇院人員壓在這些車房下。寄車籬下，頭上的廢氣揮之不去，更不用說車輛駛出駛入時，從地下室的天花板上震顫而落的塵屑，簡直遺禍連連，哪能讓車房下的人睡個好覺？人活車死，把人搬上來，把車藏下去，不才是合理的做法嗎？如此欺人太甚的鬼地方，還無恥得向地下室的人強徵租金，真住得委屈！

間諜左右打量車房的邊巷，只見高低不一的七彩布卷，橫橫豎豎的排著，下面有數雙鞋子。如此鮮明的標記，不禁讓間諜懷疑，是地下室的人特意向他發出的信號嗎？暗語是甚麼？住在地下室的人，果然有口難言，是飽歷訓練的間諜，較淳專業多了。臥在車底下的臥底，如何吞聲忍氣地把生存的位置，讓給奢貴跋扈的車輛？他們光復自身的計謀如何？還是已經被敵方剝削得筋疲力竭，打算苟且至死？間諜若無其事地在後街逛了一遍，不大敢思索，除了車房之下，敵軍還把其餘的間諜逼到哪裡去？也給他們嚐過毒氣和怪蕉嗎？他一想到那鹹澀的果肉，喉頭立馬縮緊，連帶食道和胃部抖抖扭扭。

沒氣沒力的不是好間諜。

第五章　安全屋和面具

劇本是演員的「安全屋」，
萬事由它照應，校訓也是這樣說
安全屋不是封閉，而是保障，
保障角色按劇本快高長大

家門前的小黑板懷舊地記錄演藝之家的歷史：

「媽媽：裁縫

爸爸：園丁

淳　：青年軍（斷了左腿）」

間諜無從相信和判別板上的歷史，哪項永恆不變，哪點有待改寫。於是，他只好痛快地擦掉「青年軍」這雖敗猶榮的職銜，然後明目張膽地標籤自己為「間諜」。間諜當然是一種不能公開的身分，但淳明瞭這家是保護他的地方，是每位間諜必備的「安全屋」，不怕。至於媽媽到底生前是一名裁縫，還是現在仍是一位活裁縫，板上倒沒額外的說明。如果黑板反映現實，那麼淳替媽媽添個「活」字，不是就能從敵軍的手中救回媽媽嗎？可是，這城根本無人有權從劇本中增刪一字一語；它說你是甚麼，你就是甚麼，誰也用不著猜疑和尋覓各人的身分。面對媽媽生死未卜的命運，間諜（斷了左腿）始終無能為力。

他推開門，戰戰兢兢地準備數算屋內有多少人。

「回來了？先洗個澡吧，晚飯差不多了。」裁縫不敢馬上問兒子於藝館的訓練如何，她曉得每個角色皆有敏感之時，不好輕易觸碰。

客廳的六花陶瓷燈依舊垂吊著隨風而游的麻線棉繩，如喪禮上送魂招靈的裝飾，哀怨地煽動悼念的情緒。

「好，我先洗一下。」間諜不忍再睹媽媽的遺容，可為盡孝道，他心疼地跟媽媽對視了一下；大小不一的凸眼、歪塌的鼻梁、撕裂的嘴唇和紫青的皮膚不見，間諜的眼前分明是一張豔冠群芳的女星臉，美得如一朵重生的花。他這下子才意識到，自己實在惦念活生生的媽媽。那爸爸呢？他一定也不好受。間諜垂頭喪氣地摸至花園的門邊，只見園丁正把一株張牙舞爪的百合，移到一個較寬的盆子。整株百合被連根拔起，底層的泥床欲碎欲爛，坦露人前，不由自主。雖然間諜頗擔心和同情百合，但他當然也理解爸爸的喪妻之痛，肯定深得使他不得不遷怒於被動的植物；自己的家庭慘遇毒手，家破人亡，自然看不過眼那生機勃勃的百合開枝散葉，數代同堂。爸爸決定對百合抄家，絕其根，毀其屋，乾脆把它棄置到空寂的深崗中。

飯桌上一大鍋上湯白麵條，看真點，原來幼長的麵條全被裁縫的巧手結成可愛的辮子，如少女的一頭亮髮浮浸於水裡，纏亂而立體。裁縫嫌辮子單調，何不添些鈕扣略略點綴？把紅蘿蔔和馬蹄切粒，或白或紅的鈕扣便隨意散落在湯鍋裡，多奪目的配飾。

「你看這辮子麵條，下鍋煮熟後仍不鬆不散，就知道我的紮繩功夫多厲害。」裁縫把麵條輪流分至三個湯碗裡，盡量滿而平均。

「可紮得如此緊實，怕放進口裡時，得咬上半天才可勉強吞下。」園丁瞄見碗內的條紋，忽覺麵條和樹藤同是編織的例子。

「緊密的只是麵條的結構，不是其質地，裡面還是軟糯綿綿的，放心。」裁縫把湯碗推至淳的面前，升騰的蒸氣使他的臉若隱若現。

「謝謝。」間諜奢想眼前的一切是一場窩心的鼓勵，只要他熬得過敵方的毒招，自可凱旋還鄉，跟復活的媽媽談天說地。

「還是挺滑的，而且舌頭被麵辮的紋理磨來磨去，很過癮。」園丁大口大口的吸吮麵辮，自得其樂。

「我可紮了五個多小時，你細看一下，辮子的款式共有四種。雖然大同小異，但是時裝設計正正重視細節的變化，愈細膩愈叫人驚喜。」裁縫嚐一口上湯。「你吃得出來嗎？」她轉向兒子問。

媽媽的菜式愈來愈怪異，難道她跟研發鹹蕉的人一樣，都是敵方派來制服我的嗎？

「吃得出，也看得出，很有趣。」間諜耐心地聆聽媽媽的聲線，畢竟敵方的口音很難全然戒掉。

「目前還是單人訓練嗎？知不知道主要的對手演員是誰？」園丁連續咬碎兩顆紅鈕扣，

甜。

「還未加入別的同學來一起排練，一直獨來獨往。」間諜怕爸爸擔心他在外面惹事生非，以身試法。一般間諜的行動，大多因為家屬知情而失敗，爸爸還是少知為妙。

「獨來獨往也不錯，反正你那角色的性格和遭遇也大概是這樣。演員上臺前有多寂寞，上臺後便有多受愛戴和支持，只要你能挨到上臺那天。」間諜的爸爸替兒子打氣，要他挨到報仇那天，全家團圓那天。

「與其覺得寂寞，不如想想，這城傾盡一切輔助你全情投入角色，免你應付一般生活的瑣事，讓你可以不問外事，不聽外聞，只浸淫在非比尋常的劇本裡，多幸福！」裁縫用筷子把麵辮捲成一球，俐落地餵進嘴裡。

敵方當然不願間諜多管閒事，東問西查，怕華麗的糖衣一旦被揭穿後，滿腹陰謀就表露無遺，遭人譴責。我們正是長期過於安在迷人的劇本裡，對外事缺乏觸覺和批判，才會被敵方伺機突襲，任人魚肉。潛入內幕是間諜的天職，也許這天職注定不幸福。

「劇本是演員的『安全屋』，萬事由它照應，校訓也是這樣說。」間諜曉得爸爸和媽媽一直感到莫大的幸福，那幸福把他們雙雙頂上演藝之城的英雄榜。

「雖然這安全屋不一定給予你平淡閒靜的生活，在裡面，你得嘗盡各樣深不可測的情緒，然而舞臺永遠是你的保護網和後盾，它具備足夠的胸襟承托你一切的表現，因為你由劇本而生的表現，全是舞臺和寫劇本的人所預料的，你大可放心投入和發揮。」園丁剛添上第三碗湯。

也許爸爸不過是替自己的悲傷找借口吧。媽媽都死了，難道硬邦邦的舞臺真能承托喪親之痛嗎？難道媽媽的死是意料中事嗎？爸爸叫我放心，就是要我忘記傷痛，節哀順變。可真正的順變，正是以間諜的身分，於敵方的陣地裡見機而行，逐步蒐證，跟對方鬥靈活，鬥精明。

「可是，每人都長時間地活在自己的安全屋裡，封閉地過日子；既不讓別人進屋，也不到他人的屋探訪。難道交朋結友也算是生活的瑣事嗎？非要免除社交不可嗎？」間諜一心認為，跟同路人結黨聚群，集思廣益，絕對可增大報仇的勝算。

「只限一人的安全屋才是最安全。你永遠不知道，他人於你身上構成甚麼影響，而那些影響，又是否切合安全屋的主題。萬一引狼入室怎麼辦？你在安全屋裡的修行可就盡廢了。安全屋不是封閉，而是保障，保障角色按劇本快高長大，不受干擾和危害，像溫室栽培的稀有植物。」裁縫驚訝自己居然搶了園丁的專業來說。她不得不怕，難道自己也引狼入室了嗎？

「交朋結友實在是一件說不通的事。每人肩負不同劇本裡的不同角色，那就意味著，每人活在不同的世界，走不同的軌道。即使同演一劇，角色之間的關係也不一定是朋友知己；即使是，也不過是在群體彩排和正式公演的時候。劇一完，彼此絕交，各走各路，安全屋等著你獨自回去，投入另一段生活。與其說交朋友是瑣事，不如說多此一舉。」園丁把湯碗放下，猜索妻子會否認為，結婚生子也是多此一舉。

媽媽一死，爸爸的心也死了。他連交朋友的意義也狠狠抹殺，那婚姻和親情算甚麼？難道爸媽真的只是借長久的婚姻來使他們於英雄榜上名垂青史嗎？他們各人的安全屋裡，有沒有彼此？有沒有我？他們不再共居於《氣球婚姻》的安全屋嗎？如今我們三人的屋，甚至整個家鄉的屋戶，通通遭敵軍擊毀得支離破碎，到底哪裡還稱得上安全？舞臺？劇院的雜物倉庫？河畔？還是後街車房的地下室？所謂的安全屋居然如此不堪一擊，到底我們長年窩在裡面埋頭修行，修出甚麼武功來？

「只演好角色，別的事情都是多此一舉，對嗎？」間諜清楚爸媽愛聽的話，無非是這句。

他把最後一段麵辮吃光。

「不錯，就是這麼簡單，不用多想。」爸爸站起來收拾碗筷，迫不及待返回他的安全屋。

媽媽的身體沒帶那香氣，她果然死了。

校務處向淳發了一則單頁通告，召他於早上九時十五分前，到二二四室見崔主任。二二四室屬小型班房，是專門用作小班教學或輔導學生的地方。淳喜歡小班教學，寥寥數人的課室盡可讓他觀察同學之間的反應和動靜。即使交不成朋友，當數十分鐘的伴也算是安全屋外引人入勝的娛樂。他一拐一拐的沿二樓的走廊步向二二四室，餘一分半鐘，目標在望。走廊上零星地佇著去向未明的學生，淳回頭瞅了一眼，卻失望地發現無人跟他一樣，以二二四室為目標，看來他真的是最遲那位。他的確最遲，不過二二四室裡也只有崔主任和菲待著，加上他，這環節就成事了。

菲繫著其角色鍾愛的對稱孖辮，坐在崔主任旁，如一頭嚴受監護的脆弱的動物；瀕危與否，且看崔主任如何發落。

「誰向校方告密？」淳把眼波從門前擲向菲求問，惜這裡只有崔主任擁第一發言權。

「人齊了，你們兩個坐到我的前面來。」崔主任不樂不怒地拉妥椅子，坐得筆直。

兩名同學一語不發地並肩而坐，且表情盡量效法眼前的崔主任，面不改容，怕任何臉色都會影響崔主任的判決。畢竟，相約於安全屋外卸角聊天絕非輕罪，就怕校方已通報雙方家長，把事情鬧大。

「你們各自已把手上的角色處理了好一陣子，還可以嗎？」崔主任先看菲，再瞧淳，多匹配的男女主角金獎得主。

「按著學校和藝館的步伐走，角色漸趨成熟和完整，該是劇本希望呈現的效果。」菲較淳高二年級，自有擔當領頭人的傾向。她只是害怕，若不把話說得漂亮點，崔主任便會對二人大開殺戒，把他們辛苦孕育的角色雙雙轉贈予其他同學，連她的畢業大計亦會落空。

「我也是學校藝館兩邊走，閒時也會到合適的場所催生情緒，促進角色的演化和塑形。」淳剛把話說完，便即後悔提及自己閒時所做的事。他跟菲在河畔卸角偷懶，不正是閒時的活動嗎？怎麼如此魯莽地燃起崔主任腦裡的導火線呢？

「很好。學校把角色和劇本交給你們，是因為信賴你們，對你們的表演造詣和自律能力有信心。我想你們都清楚，你們目前所得的劇本，尚有不少未明之處，有待學校按部就班，陸續為你們拼湊一份完整的版本。現在你們先花點時間，讀讀這份。」崔主任把桌上的紙稿分成兩份，發給男女主角。「你們這陣子準備的劇，屬一個跨年級的校內演出。與其依年級分派角色，學校倒希望嘗試把能力相若的學生，聚在一劇之中，方便訓練之餘，也可為劇本發揮一致的水準。你們眼前這份劇本，正好補充此劇後續的部分，包括你們的角色關係和對手戲。不用多想彼此年級的分別，三十分鐘後，我們開始排戲。」崔主任穿梭於排排桌椅之間，最後把自己安置在課室一角。

「好的，謝謝崔主任。」菲不看淳一眼。既是無罪之身，就乖乖當個模範生吧。她開始讀劇本。

「明白，崔主任謝謝你。」間諜獲發新任務，一埋頭便揭個不停，如拾得機密文件。

這部分的劇本共八頁之多，角色關係和場景描述佔很少篇幅，反而段段對白沒完沒了，角色之間唇槍舌劍，滔滔不絕，顯然崔主任要考驗他們速背對白的能力。這門基本伎倆屬每年級的必修課，甚至早於學校的入學面試中，考生必須於速背對白的項目裡取逾八成分數，方可獲邀參加次輪面試。換言之，任你樣貌身形出眾，表情傳神，可對白記不熟、唸不順的話，算你跟舞臺無緣。

淳早年曾輪流試驗對白課主張的三種記憶方法：唱歌法、圖畫法和身體法。顧名思義，這三種方法就是分別把整套對白嵌進歌曲的旋律、圖畫的構圖或身體各處，以自然易記的關連，把對白依次串湊，以上帶下，憶左思右；只要所托的歌曲、圖畫和身體完整全面，便不難以之為對白的藍圖，一字不漏地把記憶扎根於上，方便提存。他先後比較，似乎這大半年身體法最使他得心應手，而他借用的，不過是自己的身體——減了一腿的話，身體各處只好多分擔點工夫。

即使對白再多再長，也不足為懼。淳詫異的，倒是對白之前，他和菲的角色關係說明：「間諜被押送至敵方的陣地後，認識了一位在那裡土生土長的平凡女孩。間諜於波譎雲詭的異地裡，只對這女孩不加防範，還因她淒慘的成長經歷而漸漸對她生出愛意，甚至打算逐步向她披露復仇大計，於推翻敵方後把她帶回家鄉。可是，女孩正是因為平凡，才早早被當地的軍官看中，安排她接近間諜，以便監察和制衡他。女孩飽受軍方威脅，只好唯命是從，後來卻因間諜的誠意而漸感左右為難。二人各負重任和祕密，關係愈親密愈膠著，彼此跟四處的危機角力，買賣情感。」

讀到這裡，間諜恨不得立刻望菲一眼，看她會不會因為這份劇本而頓時面目全非，可崔主任正目不轉睛地從課室的角落監視著，實在不容間諜東張西望。他來回細閱這段角色關係，愈讀愈恨敵方，愈加認為敵方罪無可恕。媽媽已經被殺，現在連菲也不放過，居然使盡奸招把她收攬為棋，與我為敵，害我們相親相殘，真是機關算盡的大軍閥！我和菲都看過彼此的校內演出，也經常一起到劇院看戲，可同被置於一劇裡，還雙雙出任主角，真是連我們卸角時也沒想過。她背到第幾頁呢？以後還會和我一起到河邊卸角嗎？她最後會出賣我，還是隨我回鄉？間諜體內的每顆細胞開始工作，它們見怪不怪，準備容納千千萬萬的字句和標點符號，無任歡迎。

對白不是間諜說，便是女孩說。間諜盡量不重複閱讀對白，也的確沒有足夠時間讓他重複閱讀。不論是他說的，還是對方說的，他都規定自己過目不忘。只是，每當讀到女孩的對白時，他實在萬般不願這些說話出自菲的口中，她的聲線不該受盡敵方的支配。身體法全然啟動身體，間諜安坐椅上，把一詞一句迅速轉化成疫苗，瞄準每顆細胞的核心注射，取代內裡原有的記憶。頭連頸，頸連肩，肩又跟雙手和上身接合，直至右腿及趾；八頁的嘮叨和情話井井有條地鋪展成如人高的脈絡，只要記得任何一句，整套對白就能和盤托出，不崩不斷。間諜施展身體法的同時，還不忘張口鬆舌，怕對白背好了，咬字卻有閃失。

他不能連累菲。

「時間差不多了，來，你們戴上這個。」崔主任從課室的儲物櫃裡，挑出兩面雌雄不分的鏡子面具，破例讓二人試用。

「這套半透明的鏡子面具，一向只限畢業班的同學在最後彩排時使用，方便他們面向彼此演戲時，能借對方臉上的面具看清自己的表情，邊演邊看，邊看邊調整，為上臺前作最後的自我檢視和修正。我想你們不妨也試試，說不定能有甚麼大突破。」

女孩和間諜接過面具，含蓄地把它戴上，像一對新人辦妥成親的儀式。現在誰是敵方的人，誰是敵方的內奸，怕連崔主任也一時辨不出來。

「從第三頁開始吧。」崔主任指示兩位鏡面人走到黑板前。黑板前熠熠生輝的鏡面人，真像太空中的太空人，或外星人。

「你的媽媽被我軍所殺，實在抱歉，但如今大局已定，還望你能安在這裡重新生活，成為我們的同伴。」女孩勉為其難地勸導間諜，卻清楚自己根本無法說服對方。她看起來很像菲。

「你沒有看到你們的軍隊如何強攻我的家鄉，屠殺、放火、搶劫，那種因為置人於死地而意氣風發的獸性，絕對超越我所理解的『同伴』的特質。」間諜於菲那楚楚無辜的臉上，乍見自己敗仗喪親的頹相。這兩副不由自主的面孔，全然揮掉河畔的涼風。

「軍事上的部署和策略我實在不懂，可我相信，任何一方軍隊上場殺敵，皆自有其原因，而那原因來自各方人民的利益。既然我們贏了，你也只好服輸。只要你還活著，日子還是會給你生機。」菲差點把「輸」字說歪了，崔主任的右眉跳了一下，間諜卻假裝聽不出來。

「我不知道你們軍方如何對你們解說出戰的原因，但如果你們的利益非要犧牲我的家鄉不可的話，那就等於我和你們勢不兩立。是你們絕情在先，現在反要我對你們抱有希望？」

淳一直對菲抱有希望，希望她永遠束著馬尾伴在河邊，一起盡訴劇本對白以外的話。現在她為何如此冥頑不靈，鍥而不捨地替敵方說好話？若她受過委屈，隱含苦衷，儘管放心對我說，不用怕崔主任偷聽。

「就當我們理虧在先，那麼現在請你給我們一個機會，讓我們重新為你提供安穩的生活，好嗎？」軍方三番五次向女孩強調，以退為進是她的絕招。只要她一放軟態度，間諜的心自然也跟著軟下來。

「我本來就活得安穩無憂，何須無故熬嘗你們的摧殘後，又要接受你們的施捨？還是不安於現狀的是你們，要借我的家鄉來填補你們的不足？」間諜的五官剛好填補女孩臉上的陰影，那些陰影正是女孩的臉於間諜的面具上反射回來。誰是始作俑者，誰在賊喊捉賊，面具上的重重惑影紛紛自欺欺人；各自的對白似乎皆從對方的口中傾出，名為「借口」。

「我不清楚軍方要借你們來填補甚麼，也許是雙方互相扶助、互惠互利的手法？目前剛打完仗，你別無選擇，加入我們說不定能一起強大起來，創造比你的家鄉更美好的地方。」菲和淳曾經一起幻想，有沒有較演藝之城更好的地方。他們不曾知曉，活在演藝之城以外，到底是甚麼模樣。

「沒有地方能代替家鄉，正如沒有人能代替你的媽媽一樣。家鄉生我，育我，我也為它而生，為它而活。它一死，我的心從此就停了。只有讓它捲土重來，我才可重過新生。」間諜一提起媽媽，媽媽的遺容便不請自來，來到菲的面具上，垂垂欲睡地監看他演戲，望他早日登上英雄榜。於間諜的眼中，那張遺容忽然不像媽媽了，像菲，更像自己。他一邊聆聽菲和自己的對白，一邊旁觀彼此活活地萎掉和衰竭；身體內的細胞逐一老去，只懂承載既定無誤的對白。

「但若你不惜一切，讓家鄉捲土重來，反可能使你身陷險境，甚至喪命。你乾脆把自己的日子過好，不就好了嗎？」其實連女孩自己也不肯定，天底下哪裡能讓人過自己的日子，讓人全然主宰自己的生活。她不正是受著軍方的威脅和操控嗎？她的記憶、表情和語調不正是全聽劇本的命令嗎？崔主任哪會讓她自由？

「家鄉就是我，我就是家鄉，我和它共為一體，不分彼此。我的勞動是家鄉的成果，家鄉的榮耀是我的驕傲。我順家鄉的意，家鄉便讓我的生活順心。我的生活和家鄉的運作密不可分，彼此同生共死；它死了，我無法置身事外。」間諜俐落地從腹部抽取對白，腹部被抽空了，難免餓。

「你這麼痛苦，可曾想過自殺？」女孩朝自己於間諜面具上的影子問。

「家鄉的希望就在我手，我怎能自私得只顧自己的感受而斷送家鄉的前途？況且跟我共同進退的鄉親還在撐著，苟活著；苦一起苦，拚命一起拚命。除了家鄉，無人有權奪去我的性命，連我自己也不許。」淳望見自己和菲一起拚命得皺爛黯然的樣子雙雙交疊。未經崔主任允許，二人不可脫下面具。

「你這左腿還好嗎？會不會痛？」女孩凝看間諜長而瘦的褲管，明知故問。

「不痛。為了家鄉廢棄一腿，算不上甚麼。不斬我的話，挨那刀的可能是比我孱弱得多的人。我既然受得起，這禍就由我擋吧。」既然擔當得起「演藝之家」的榮譽，淳當然得把男主角演好。

「先練到這裡吧，你們不用私自一起排練，學校自會再作安排。先讀熟這版本的劇本，好好跟之前的內容銜接，注意雙方敵我難分的曖昧，尤其對白中的停頓和猶豫；眼神何時閃躲，何時堅定，也要悉心編排。希望你們剛剛能從對方和自己的表情中互相參考，逐步調整臉容的變化。」崔主任把鏡子面具收回儲物櫃。淳和菲歸還彼此的臉，或遺容。

第六章　忘我

也許只有淳願意相信，
剛才馬前輩的演出並非靠特製道具；
血和刀都是真的，
馬前輩成為了一位真正的雕塑家，
把舞臺化成他的工作室

曼瑤劇院的正門前亮起球球晶瑩的黃燈，恭迎公眾入內觀賞《時空塑形》的首演場。馬松欣主演的劇向來一票難求，不只票，你看連正門前《時空塑形》的海報附近，也求不得一寸空間，誰也爭著和海報上那枯弱的背影合照呢！菲和淳當然早早獲配前排絕佳的座位，可他們遲遲也未抵劇院，怕人潮，怕入場前周遭的喧鬧會汙染觀劇的情緒。觀劇跟演劇同樣得心無旁騖，別浪費和錯過舞臺上的一招一式。開場前四分鐘，孖辮女孩和間諜並肩站在海報前不遠處，像奉神般嚴肅地仰視海報上的明星；他的鬱結、掙扎、絕望和毅力，一概從那一絲不掛的縮背上放射出來，使女孩難以認出，這人就是她的爸爸——這人不過是近月一位潛進她家裡亂發脾氣的老人。

全院的椅子都托著對號入座的屁股，屁股不敢多動，怕前方椅背上的鏡頭多事，向院方告狀。從舞臺起，由近至遠的觀眾無不收拾心情，靜默地迎接臺上的起色；愈遠的眼睛愈慌張，看漏馬松欣的技藝事小，答錯問卷的題目事大。女孩和間諜盯住空寂的舞臺，多想一起在臺上排練對白。

燈滅，燈再照，臺的中央躺著一具較棺木寬闊的透明箱。灰藍的淡光下，箱的每面皆密密麻麻地充塞著變形的垃圾：皺碎的報章、凹陷的罐頭、斷頸的洋娃娃……垃圾填滿整條箱子，使箱子看起來像一盒豐富卻不得體的禮物。一束強厲的白光忽然喚醒這堆來歷不明的垃圾，連垃圾中屏息苦思的雕塑家也駭然破箱而出，使與他日夜長眠的爛東西瀉滿一地。

「人事的痕跡通通遺留在不起眼的舊物中，這些東西看似不值分文，可它們全把過去日子的精華存藏在內。你記不起的，你不願記起的，你從沒記住的，都濃縮在這堆崩崩裂裂的東西裡。要探索自己和他人的往事，從這裡入手最好不過。『過去和未來』的雕塑系列，當然由過去那邊做起。」衣衫殘穢的雕塑家邊咳邊擦汗，一下子無力地跪回垃圾堆中，便又忘我得頻頻左嗅右摸，像掉進彩球池的小孩，力有未逮地抓緊創意和呼吸。他愈沉溺其中，便愈聽見垃圾嚷起錯綜複雜的舊聞，短碎的、尖銳的、可疑的、浪漫的……垃圾七嘴八舌地重播雕塑家渴望竊聽的線索，使他忙著釐清箱內一切的瓜葛，又分類又配對，像一頭在垃圾站中覓食的餓狗。

「你們聽得出來嗎？你們過去所說所問的話，都被身邊的東西錄下來。即使你們丟棄它們，它們也會乖乖應我所求，一字無遺地複述你們的說話。我只需這樣一個箱子，便可自由地追溯過去，穿梭於素未謀面的人的往事之中。你以為我不認識你？你的生平就在我的五指間。記得這音樂盒嗎？這條星星手鏈呢？我有數之不盡的證物，供出誰是誰非，而我由此創作出來的雕塑，正是你們萬語千言鑄成的總結。我肯定這不會錯！」氣喘吁吁的雕塑家一抬高雙手，空中便宏然灑下如瀑布般林林總總的垃圾，向他淹，向他撲，向他注，嘩啦嘩啦。

他召喚了多倍的萬語千言。

女孩和所有觀眾強作鎮靜，他們不靜的話，雕塑家無法振作起來。迷路的橘紅燈影如調皮的落日在臺上蕩來蕩去，既搜索雕塑家藏匿的位置，也愈加疾速地倒數他復活的時刻。垃圾山已經成形，即使閃晃不定的紅光肆意攻擊，也沒一件東西從山上滾下來，看來被壓在山底下的老人正睡得沉。紅光如風，陰險地把臺上的酸臭味掃向觀眾，要求他們感同身受，略嘗雕塑家對垃圾和藝術的痴戀。觀眾抵受著自己拋棄的垃圾的異味，一時不清楚到底是垃圾加害了馬松欣，還是啟發了怪誕的雕塑家。按捺不住的汽水罐終於一個接一個的從垃圾山上滾落至地，清脆又詭異，叫人費盡眼力尋找地動山搖的緣故——雕塑家沉緩地冒出頭來了。他暫時只夠氣力把自己的頭顱救出，多呼吸，多張望，精神好一點，才小心翼翼地挪移身子；過分驚動垃圾是他不情願的，他希望守護這山的形態。半條身子抽出來了，雕塑家抓緊機會，於口袋裡掏出一把依然鋒利的雕刻刀，任意向身旁的金屬、塑膠和木頭又挑又削，省得管僵硬的下半身。

「又來一堆舊物了！看你們貪新棄舊的速度，真快得幾乎逼死我！你聽聽，新來的這批東西，還沒錄下你們多少的說話，便空著大半個腦袋來到這兒。是你們變得寡言，還是變得不再長情，無法讓身邊的東西待太久？東西的記憶一旦淺薄，便連『舊』的基本價值也不足，如此半舊不新的身分最使人無奈。我乾脆就地取材，直接在這些東西的身上雕，多一刀便多一道新的痕跡，讓我的刀彌補你們的過去，讓你們的過去支撐我的現在！」老人一動氣，山上的垃圾便爭相溜滑而下，似在應和新主人。

燈滅，燈再照，雕塑家獨坐在一張高凳上，面向一塊鏡子和一尊人頭雕塑。他既看鏡子，又望雕塑，一絲不苟地試圖把鏡子裡平面的影像，複製到雕塑的臉上。

「過去過去了，現在是時候創造未來。做藝術得較常人走得前，想得快。隨時日老下去的話，人只會愈活愈慢，慢得實在讓我等不下去。於是我催快自己的身體衰老，提早遇見枯老的自己，先於未老之年，雕出已老之態。如此把未來提前面世的自刻像，不僅比我的真實年齡遙遙領先，也扭轉了『未來只能於未來碰見』的概念。我這副老樣子，刻到這雕塑上，不正是把未來的自己留在現在嗎？你不知道，我為了催老自己，下過多少工夫，我就讓你見識一下。」

雕塑家從凳下抓起一束粗麻繩，草草量度身體後，便沿腳踝猛力地朝上綑紮自己，愈綁愈立得直，手勢純熟順暢；繩纏至頸，把左手結在背後，他便就緒了。他挑戰麻繩有限的韌度，曲直不得的跪下來，只倚賴膝蓋碎步前行，如一名當眾逃走的罪犯。縱使他的右手並無拘束，可也絲毫沒減輕他的掙扎。雙膝輪流拖拖爬爬，上半身明明幾乎動彈不得，可他偏要每六步叩一響頭，如一名打瞌睡的學生不停以頭敲桌，騷擾全院觀眾心裡的時鐘。每一響，都震撼女孩的神經。

「我告訴你……這樣限制身體的血液循環，同時迫使自己穩速地跪行叩頭……早午晚三時段，各兩小時，中途不喝不吃……不睡不語……天天如是，翌朝醒來，便老了一歲。」老人從臺側繞回高凳旁，用右手釋放自己。身一鬆，呼吸也舒了。

間諜知道女孩實在看得不大自在，心裡希望這幕早點結束，可他又不得不拜服馬前輩的鍛煉和投入。如此瀟灑的能耐，絕對是間諜卓絕的榜樣。

「雖然我正對著鏡子，雕出自己蒼老的臉孔，可我完全沒把這張面容，看成是自己的臉。你得把它當作跟自己無關的東西，才可保持充分的距離，觀察它，分析它，識別它。只有剔除先入為主的偏見，才能創造煥然一新的作品。」老人還未理順呼吸，便握起雕刻刀修飾人頭雕塑的下巴。他時而湊近鏡子，時而側頭比較雕塑左右面頰的厚薄，儼如被一位陌生人的面孔迷得出神。鼻子的斜度如何？他先用手指略略模仿，再以刀柄急快地量度，卻驚訝鼻骨竟沒刀柄般筆直，都怪那軟骨長歪了。雕塑家重新審視鏡中的自己，愈望得久，愈不滿意五官的分布。他吞沒接下來的獨白，乾脆把刀鋒劏進右眉骨裡，看看鏡中的臉會否悅目點。鏡裡慢慢綻露鮮紅，鼓勵雕塑家再接再厲。刀於是割開雙眼的尾部，釋放長年的淚水，把視覺洗得一乾二淨。他終於看清楚自己了，不過是鏡裡一副爛模樣，爛得叫他不得不親手摧毀它。他施盡藝術給他的決心，一刀插進無話可說的口裡，以自己的血肉交出最後一件人體雕塑。

「爸爸……」菲目瞪口呆地低吟著，以為會等得到爸爸下一句話。

觀眾也無不屏息忍耐著，馬松欣的神乎其技果然懾人得幾乎令人吃不消。也許只有淳願意相信，剛才馬前輩的演出並非靠特製道具；血和刀都是真的，馬前輩成為了一位真正的雕塑家，把舞臺化成他的工作室。

燈滅，燈再照。

「為甚麼我只弄關於過去和未來的雕塑，而沒有現在的分兒？恕我有心無力。如果『現在』的定義是當下這秒的話，我哪能於一秒內做出一件雕塑？況且『現在』隨每秒更新，即使我為剛過去的那秒做出一件雕塑，這雕塑對現在這秒甚至下一秒來說，都已經失卻它曾經代表過的那秒『現在』。我看你們都跟我一樣，只能不斷地為過去和未來勞心；『現在』這東西，從來令我們束手無策。」雕塑家還坐在高凳上，可不論是身形或聲線，似乎都騙不過觀眾——這雕塑家跟馬松欣不像。只是，他居然厚臉皮得一直領著劇情演，彷彿從開場起便在臺上獨當一面，不遺餘力地抹殺馬松欣的奉獻，甚至觀眾對馬松欣那數幕的記憶。

「我去找爸爸。」菲還未提步，便被間諜按下來。間諜的腕力證明他希望把女孩當成敵方以外的人。

「先別亂來，把劇看完再算。鏡頭盯得緊，況且還有問卷。」間諜壓住聲線勸阻，怕敵方發現他們的異樣。

冒牌雕塑家一鼓作氣地牽引數名角色走畢《時空塑形》的故事線，既沒唸錯對白，也跟對手角色合拍非常，稱得上是一流的替補演員。至落幕，那位血流披面的老人始終沒再上臺。即使全場掌聲再響，怕也傳不到他的耳邊。

女孩和間諜不加思索地填完問卷後，便一起奔到臺側那條連接後臺的暗道，反正他們持家屬通行證，不怕。可是，後臺不如平時那樣歡迎這兩位明星的後人，持盾的保安員、捏著對講機的招待員、印上「曼瑤劇院」的封鎖膠帶……通通凶神惡煞地招架外來人士，非要把無知的人拒於門外不可。間諜深懂「自己在暗，對方在明」的策略和好處，他急急拖走女孩。

「惹怒劇團的人不好辦，我們先回家。明天我替你打聽一下，中午河旁見。」

二人若無其事地離開劇院，菲不敢多看《時空塑形》的海報一眼，那是一幅符咒。

翌日早上，曼瑤劇院的後門偏幫間諜，大方地讓他通往絕密的禁地。從走廊、樓梯至彎角，間諜沒多爬一步冤枉路；路上無阻的時候，他必須直接，不然答案和消息將被時間搶掉。貝貝於雜物倉庫的門前一見到間諜，差點抱不住手上的人頭雕塑。

「有事找我嗎？」貝貝把雕塑捧在胸前。

「真好，你剛巧在！這是《時空塑形》的道具嗎？我看過昨天的首演場，布景和道具真是做得一絲不苟，就想請教你們的工夫和設計呢！」間諜虛心又貪心地問。

人頭雕塑似乎一時被嚇壞，連忙試圖從貝貝的懷裡掙脫，害得她手足無措。

「謝謝捧場，我們只是按照劇本的要求做好本分，演員的付出才是最大的功勞。」貝貝一提起演員，才後知後覺地懊悔不已。她低下頭，倉皇地借衣角擦拭雕塑的耳朵，像哄撫一名受驚的嬰兒。

「馬前輩昨晚確實了不起，尤其是他用你們那把假刀自殘時，無畏無懼，暴而不凶，逼真得叫我幾乎從座位上喊出來！你有沒有看到那幕？還是忙著後臺的工夫錯過了？沒看的話，接下來的場次你必定要把握住，馬前輩準不會讓你失望。」讓間諜失望的是，他清楚那幕不會再現舞臺，而那幕也讓馬前輩永遠離開舞臺。

人頭雕塑愈來愈重，貝貝乏力地護著。

「我一直在後臺打點，沒多留意演員的演出。」貝貝昨晚徹夜覆想，如果她為雕塑家準備的雕刻刀是假的，也許後臺便不會兵荒馬亂，血跡斑斑。她忽然憂慮，間諜從後門過來的途中，有否察覺見不得人的血跡。

「不過在之後的數幕中，馬前輩好像沒那麼耀眼了，始終欠缺點甚麼似的。不知道是他故意這樣演，還是真的被角色耗極身心，勉強支撐至完場？」間諜溫婉地追蹤貝貝的眼神。論演技，貝貝當然不及他。

「這些關於演員的問題，你還是請教表演科的人好了，我真搭不上嘴呢。」貝貝不只搭不上嘴，她甚至得封嘴。昨晚劇團不是馬上下了嚴令，禁止劇團全體人員向外透露後臺那場風波的消息嗎？連人頭雕塑也守口如瓶，肅默如髏。

「不用介意，是我想表演的事想得太入神，把你悶壞了。我老是犯這毛病，怪不得朋友都被我嚇跑，省得管我自說自話呢哈哈！這人頭雕塑今晚還會上場嗎？是不是有地方需要修補？」間諜低頭斜視貝貝手中的雕塑，老了的馬前輩依舊俠氣逼人，好看。

「只是弄髒了點，抹淨後就可再用。」貝貝不忍人頭跟她四目交投，乾脆輕輕地把它裹進一個布袋裡，息事寧人。

「那就好了，《時空塑形》接下來就繼續拜託你們了。你忙你的，我先回去，再想一下表演科的事，再見。」間諜知難而退，無謂連累貝貝和她的爸爸。

「好的，再見。」貝貝當然希望這劇接下來順利無禍，也祝願眼前這年輕演員平平安安。

河依舊朝既定的方向奔流，像被甚麼頑強的磁力召引，連沿途的風光也不屑一顧。菲迷茫地用雙眸追隨河水上的閃光，以為把自己弄昏了，腦袋便終可稍稍休息，醒來一切自然水落石出。淳從後走過來，不難發覺菲的馬尾實在束得凌亂。

「馬前輩有沒有回家？」淳還未坐下來，已瞥見菲憔悴無色的側臉。

馬尾擺了兩下。

「今早寄來的。」她把一封開了口的信遞給淳。在他不作聲地閱讀之際，她也在腦海中把全文背唸了一遍：

「恭喜！有見馬松欣大師多年來潛心習藝，領導劇團屢創佳績，為演藝之城的舞臺和大眾無私奉獻，施展登峰造極的演技，現特賞馬大師即時入住演藝之城的『榮休堂』貴賓房，於怡人恬靜的園林中，安心卸下演員的包袱，一嘗演藝世界以外的生活，開拓演藝生涯後的新日子，安享晚年。『榮休堂』的配套服務完善，奉專屬團隊二十四小時照顧馬大師的起居飲食，以答謝馬大師多年來的付出和辛勞。為了確保馬大師和其他『榮休堂』的住客能夠安樂度日，『榮休堂』一概謝絕外來人士探訪，包括家屬和劇團成員。如有馬大師的重要消息，『榮休堂』將繼續以書信通知閣下，請勿操心，謝謝見諒。『榮休堂』特此致函祝賀。」

河依舊朝既定的方向奔流。

「『榮休堂』？在哪裡？怎麼馬前輩突然退休了？」淳把信反來覆去，沒有地址。

「我不知道，爸爸從沒提過他打算退休，況且怎會只演了一場就急急退休呢？我連他傷成如何也不得而知，輕輕一句『請勿操心』就把爸爸帶走，我怎能……怎能不操心？」菲的眼睛跟河一樣，泛出低調的淚光。

「昨晚劇團居然連替補演員也準備好，看來他們早料到馬前輩會在臺上出狀況。我跟後臺的人打聽過，他們似乎不大方便提起昨晚的事，以為就這樣派出替補演員上臺，便能勉強把這劇撐至尾場。我想即使其他觀眾同樣發現不妥，大概也不敢揚聲議論。搬上舞臺的一切，大家也得照單全收。」

「豈只舞臺，我連這信也得照單全收。爸爸……爸爸最近的確入戲入得有點走火入魔，可你也看見，他那角色根本就是要把他逼瘋，他這次真的拚了！我以為劇本大膽得要他假裝在毀容，我以為他只是在演……我不敢再想那張臉，我當時怎麼沒有衝上臺？我們全院的人眼睜睜地袖手旁觀，讓他半痴半醒的向自己下手……怎麼連我們也半痴半醒的？都看戲看傻了嗎？傻得就這樣被人當作傻瓜，用一封信換走我的爸爸……」菲掩住半濕的臉，嫌河水刺眼。

淳想起那人頭雕塑，它跟馬前輩最接近，定定地目擊血淚飛濺。

「當時我也看得很不舒服，誰知燈一關一開，劇就繼續了，絲毫聽不到後臺異常的動靜……還是別管這劇，我們首先得查探馬前輩的安危，還有這個『榮休堂』到底是甚麼，說不定……說不定這一連串的事全是劇院的宣傳伎倆……都別管了，我試試跟爸媽打聽一下。這信你好好保管，排戲的事不要太賣力，我會配合你。」間諜任務重重，一時忘記那條笨左腿。

「我應該拿這信到劇院問問嗎？爸爸是他們的人，照理——」

「我想劇院也只會跟這信說一模一樣的話，目前我們只有這信為答案。」

女孩無力地拆下馬尾，紮起孖辮，離開那一無所知的河。

家裡的花園愈發朝氣勃勃，整排整列的盆栽起勁地展綠綻紅，感謝園丁為它們帶來生命。也許它們不曉得，它們的生命由劇本而來，而園丁把它們養著，無非是為了使園丁這角色更富生命力，更像一位園丁。

「演員從不做對角色無利的事。」校訓當然鼓吹精打細算的效益主義。

盆栽單純，不多想，空氣陽光水分不缺的話，大多乖乖開枝散葉，懶理種花者的居心。花開得漂亮一點，莖長得粗壯一點，可會博得種花者的愛心和格外優厚的待遇？種花者當然鼓勵花草進取成才，但花草不過是花草，演好花草的角色，把花草的價值發揮過後，種花者在意的，就只是花草為他帶來的好處和收穫。花不成花，草不成草的話，誰有閒力把它們起死回生？播新種，育新苗才是高效的上策。

園丁剛拔除一襲枯草。

「媽媽做好飯了，進來吃吧。」間諜從花園的門後傳話，他知道爸爸跟他一樣，總是想念媽媽別出心裁的菜式。

「好，我先洗手。」園丁拍拍泥漬斑斑的手掌，他比盆栽還餓。

飯桌上放著一大盤剛出爐的領帶麵包，條條領帶結得整齊精緻，金黃微焦，或間紋，或波點，或格子，圖案都被準確的火候烤得清晰分明，配甚麼衣服都不失禮。

「這裡的領帶比我衣櫃裡的多很多，領帶太纏人，我不喜歡戴。」園丁的鼻子湊近麵包，酥香溫暖。

「這些是用來吃的，不是要你戴，也不會纏到你的舌頭。」裁縫把不同圖案的領帶麵包分到各人的碟上，她喜歡波點。

「有甚麼餡？」園丁拿起麵包，領帶結那頭格外重，又油。

「我隨意塞了點東西進去，都忘了，看你能不能嚐出來。」裁縫咬一口領帶的尾巴，軟糯糯的，麵粉真是一樣奇妙的東西。

「淳你嚐嚐那個領帶結，看你中甚麼獎。」園丁邊說邊嚼，鹹而多汁。「是梅菜豬肉……這不只是麵包，是點心。」肉汁七手八腳的爬滿園丁的唇邊，他幾乎想求一碗白飯。

「我的是紅豆。」間諜盯著從麵包溢出的深紅，血較它鮮淺一點。

「看我鹹甜兼備，誰說裁縫只做單一風格的衣服？好戲還在後頭，保證你們吃得驚喜。」

裁縫把領帶愈咬愈短，不急於識破餡為何物。

「可惜以後再也看不到馬前輩的好戲了，同學之間傳聞他突然退休，明明《時空塑形》才剛公演。昨晚的首演場，我就是看得出有點不對勁，後來連馬前輩也被收起來，只臨時派一位替補演員充當他的角色。如果這真是馬前輩的告別作，那我算是幸運還是不幸呢？我本來還打算多看數場，盡量領教馬前輩的技藝……」紅豆餡又濃又滑，間諜實在感謝媽媽下了這麼多工夫，可他始終不敢直視媽媽，她那清麗動人的臉容，只有存放在記憶裡才穩妥無恙。

「我們今天才從劇院那邊聽到這個消息。不管馬前輩昨晚在臺上發生甚麼事，他退休就是退休了。每個演員自有其演藝生涯的期限，你不用考究昨晚的劇，就當它是一場公開的彩排吧，還不得不佩服那位替補演員臨場的應對呢！」裁縫清楚兒子準是被嚇得胡思亂想，可她以為他不會說起這事。

「但退休是一回事，受傷是另一回事。如果我沒看錯的話，昨晚馬前輩的確拿刀自毀容顏，那些血……」間諜放下麵包，他忽然嚐不到任何味道。

「馬前輩雖然是演藝大師，但本事再大的演員，也該遵從劇本的指引，和其他角色好好配合，毫無偏差地把劇本演繹出來，而不是像他那樣，愛怎樣演就怎樣演，還要在正式演出時搞亂劇本，實在有欠演員的專業精神。他個人的狀態走下坡，連累劇團要額外培訓一位替補演員以防萬一，所有彩排和後臺的準備都得下雙重工夫，多麻煩多耗勁。既然他罔顧劇本和觀眾，自願選擇在臺上做出那種事來，劇團為保大局，也只好把他安置到臺外，反正他已經無法駕馭那角色。如果他不逞強，一早願意把那角色讓出來的話，劇團便可省下不少人力物力，而他也許還能在劇團裡多待些時日。」園丁從盤裡挑來挑去，不知選格子還是間紋領帶才好。

「所以是劇團放棄他嗎？他傷得怎麼樣？」園丁的兒子不像園丁，他沒甚麼胃口。

「也不能說是放棄。馬前輩演戲演得有點累，既然劇團能把《時空塑形》好好善後，那我們何不讓馬前輩休息一會？我想他需要點時間靜養心神，劇團會把他照顧好，放心，說不定馬前輩能在舞臺以外的生活中自得其樂呢！多吃點吧，不吃紅豆的話，就拿別的試試看。」淳的媽媽正思索如何替他消除心中那血腥駭人的陰影。

「他到哪裡靜養？是那個甚麼『榮休堂』嗎？同學們都好奇那是甚麼地方，你們去過嗎？」間諜賣力地把那條紅豆麵包吃光。只要他聽話，爸媽便會有問必答。

「你們還真八卦，也難怪，馬前輩的劇大多被學校列為肢體課的範例，不少學生都在課堂裡重演他的經典劇，可惜他昨晚的演出真算不上是一個叫人敬佩的榜樣。失態如此，還獲送進榮休堂，演藝之城真是已經給足他面子。你得知道，演劇向來就是演員於這城的責任，馬前輩公然失責，劇團不追究不說，還大費周章把他安頓到榮休堂，免卻他演劇的責任，包他一切生活所需，真是他莫大的福氣。」園丁噬破麵包，還未舔到餡。「榮休堂顧名思義，就是讓奉獻良多的演員，在漫長的演藝生涯結束後，能撇下一生中所有角色，於沒有劇本引導的日子裡過生活，算是放一個沒有期限的假。那裡大概在城外南邊的平原上，聽劇團的人說，那邊山明水秀，萬里晴空，難怪是退休終老的好地方。多少老前輩進去後樂而忘返，全都不願回到城裡來。你看，只要你盡忠職守，逐一把角色演好，成績有目共睹的話，這城準不會虧待你。先苦後甜，這城給我們的終極獎勵，就是如樂園般的榮休堂，向那裡奮進吧！」園丁忽然皺一下眉頭，「怎麼是苦瓜和薑？太不配了吧！」

「反正廚房存太多，順手混點進去，算你夠運氣。」裁縫嫌園丁說太多，讓苦瓜和薑治治他，活該。「快吃完去休息吧，奮進也得顧好身體。」她為淳多添兩條領帶麵包。

「好的。」間諜一不小心，居然嗅到媽媽那清雅的香水味，嚇得他連忙用麵包堵住口鼻。

屋外的山道一片黑，倔強地排除演藝之家那驕人高尚的光芒。淳毫不起眼地倚在道旁，於他而言，這刻最耀眼的，莫過於是在遼遼無際的黑夜裡懸浮著的星顆。它們的位置似乎非常隨意，好像不管轉到甚麼方位，天空之大，都足以讓它們保持星與星之間應有的距離，使人從不懷疑它們為星的身分。到底星以外，夜空餘下的空間還有甚麼？淳虔誠地凝看局部不沾星塵的黑天，希望以耐性和專心換取唯他獨見的端倪。星不跑，雷沒怒，那抹遙不可及的黑幕密不透風，既沒向淳咧嘴露光，也不賜他半滴甘雨；黑裡面，甚麼也沒有，又彷彿甚麼都在，因為黑能吞噬一切，同時掩藏讓人意想不到的因果。淳愈看不出甚麼來，愈不願意放過那片黑。它是顏色，是距離，是庇蔭，是掌管這城的天氣之手，是儲存這城無以安置的密碼的大腦袋。這高高在上的大腦袋能讀測每人的思想嗎？能左右每人的行為嗎？能防禦他人揭穿它嗎？黑又沉又靜，雖然看起來內斂不宣，可偏使人敬而畏之，如一股深不可測的壓力，叫人不要輕舉妄動。

山下的輪廓倒光明正大，可見之處無不借亮晶晶的燈火宣示清白之身。地勢的起伏、街道的曲直、建築的新舊、名氣的疏密至民眾的尊卑，皆循規蹈矩地依劇本成形、鋪展和互相影響，把演藝之城搭建成一座風光得體、永不休止的大舞臺。凡出現在舞臺上的，都是循循善誘的典範，是觀眾的指南針，不附嫌疑。淳瞪大間諜的雙眼，漸覺山下這舞臺好像沒平日那麼剔透光亮。哪裡滅了燈？哪位擅離職守，沒為這舞臺發光發熱？哪處被蒙上陰影，淪為見不得光的瑕疵？果然馬前輩一走，整個演藝之城就失色了。他的確為這裡灌注過不少精彩，看過他演戲的人，誰不被他感染和說服，緊記其角色宣揚的精神，使腦袋滿載而歸？雖然劇一落幕，問卷總會嘮叨著提醒各位，到底這劇教曉你甚麼，又該如何於往後的生活中，參考戲劇帶來的反思而作出改變，可馬前輩不僅是問卷的教科書，他更鮮明地把這堆呆板的題目點綴，讓你不自覺地沉醉在劇本的迷藥裡，安安樂樂地做這大舞臺的信徒。馬前輩現在反令一些人不安樂了，他安好嗎？榮休堂讓他感到光榮嗎？他已經放下雕塑家的角色嗎？他一定想極菲了。沒有至親在旁，榮休堂裡的前輩們真能安享晚年？連爸爸也打算拋下我，及早爭進去獨自快活嗎？如此樂園，居然建在眼下這大舞臺之外，難道它不屬於劇本之內？難道劇本以外還有別的東西？間諜仰望這大舞臺上的夜空，知道夜空又在編寫劇本，星沙不過是橡皮擦的碎屑。

第七章　榮休堂

屬於這城的人自會安在城內，不離不棄；
不屬於這城的人，無論如何也會跟這大舞臺格格不入，無處容身

演藝之城的邊界沒有圍欄，沒有封鎖線，沒有守衛。屬於這城的人自會安在城內，不離不棄；不屬於這城的人，無論如何也會跟這大舞臺格格不入，無處容身。間諜這職業，向來無家，棲身之地不是家，家又何需間諜掩藏真身？他朝南愈溜愈遠，遠得使他幾乎認不出到底身處城內或城外。建築和人煙逐漸稀疏，回首一看，曼瑤劇院的銳頂快要沒落在眼前的樹叢裡，大失威嚴。陌生的風景使間諜格外費神，哪處該留心，哪步該三思，他全然沒有明確的主意，結果他不得不抖擻起來，疑心寧濫勿缺。偏僻一角的小孩鬧玩得分外響，他們大概明白自己——和父母——欠缺當演員的資格，索性在這不受注目的角落裡，築起純粹的小舞臺，演不演隨自己喜歡。間諜一邊背向成群的小孩前行，一邊猜想他們將在何時進訪劇院，初嘗看劇的魔力。多邁數步，他甚至大膽地想像，如果他不曾看戲劇、讀劇本，他會長成一個甚麼樣的人？還會遭敵軍砍腿，流落異地嗎？左腿忽然震顫了一下，笨拙地提醒間諜，他現在的確處於可疑的異地，不容分心。

溪流的對岸擠滿茂密並頭的槐樹，如重重魁梧的士兵列陣，不讓路，不跪迎。它們的倒影把溪流染成墨綠色，如一灘劇毒的藥水，惡得能於分秒間潰蛀人的皮肉。間諜不肯定槐樹的後方是甚麼，但南方不懂拐彎，南方明明在前，於是他也只好繼續向前。溪不深，即使殘廢如間諜，只消幾寸碎步，把水中的樹影踏破後，對岸便收歸腳下。雖然城裡也不欠樹木，但壯盛得蔽天遮日的樹陣，間諜倒是首次見識。當他踏進昏暗的樹叢時，又轉頭看，大舞臺已不像大舞臺了，不過是一幕他從沒見過的場景。

四周的樹幹是調皮的標記，胡亂地引誘間諜趨向求之不得的南方。他時而停步，時而退步，很快便感到人於障礙的包圍下堅定前行，是一件很不容易的事。哪裡是剛才的前方？踏一步就等於向前嗎？怎麼明明已經前行了一會兒，風景還是一成不變？前面到底真的是南方嗎？

要抵達終極的樂園，非要先狠狠迷失一場不可。

落葉和根脈合力繪成一幅新舊參半的地圖，讓間諜猶豫不決地在上面蕩，快要把它踩得又皺又陷。除了南方，他還需要光；光是演員的放大鏡，是間諜絕處求生的出口。原來這裡是後臺，只要鼓起勇氣，肩起角色，就能通往射燈下的舞臺，把戲演完。他一直以為前路是南方，可右旁十多柱樹幹後，好像滲出曚曨的光霧來。於是，他寧信光源，不信自己，改道靠右追赴，果然前方愈照愈亮，還送來舒神的涼風。當樹陣困不住間諜時，只好服輸，把他釋放到山明水秀、萬里晴空的平原上。

晴空既慷慨又暴烈地以烘烘的陽光歡迎間諜，可他一時適應不來刺白的光，竟慌亂地低頭掩額，像被甚麼突襲。待他頻頻眨眼後，抬頭一瞄，四野之上只立著一座山，這座山就在中央，紋理一格一格的，看上去似是以磚建成，而山下則被一圈磚牆包封，使間諜看不清山下有沒有人。這山以外，四野平坦如墊，不管多遠也無橋無樓；滿地泥沙乾巴巴，偶爾竄出數根夭折的草，草又褪成跟泥沙一樣的顏色。至於剛才槐樹前的溪流，則慢條斯理地依樹根繞來繞去，拖至這沙地的不遠處便無疾而終，烈日不憐憫它。

間諜思前想後，始終無法肯定眼前的磚山是不是榮休堂，可既然四野無處可去，他只好挺身橫越沙地，直向磚山走。左腿和右腿也許不太習慣沙粒的承托，愈耗力愈沉重，難怪即使間諜步履不停，磚山依然遙遙未至。當他不望天，不看地，半瞇著灼熱的眼睛爬走了半天後，磚山龐大的全貌忽然豎在他面前，震撼得叫他立馬僵住身體，幾乎要敬禮。

說是全貌也不對，圍牆較間諜高，他站在牆外，頂多只能窺見磚山的上半部，可光是上半部，已匪夷所思得使他忐忐忑忑。山看起來像蜂巢，一格格用磚蓋成的長方穴口整齊地互相緊貼著；穴口沒簾，沒篷，也沒門，裡面不是坐著一個人，便是躺著一片薦，似乎每穴僅限一人。從上而下，每個穴口的前方皆懸吊著一條粗繩，繩時而歪至鄰穴，時而蜷曲在穴前，把磚山弄得披頭散髮。山的表面不見道路或樓梯，而躲在穴裡的人也似乎沒有行動的意欲，不知是慵懶還是疲倦。間諜摸著圍牆，拐了差不多半圈，絲毫沒感受到樂園該有的氣氛，連那信中提及的「貴賓房」也無跡可尋。難道弄錯地方，這裡不是榮休堂？他摸著摸著，忽然摸到牆上一個崩了半磚的缺口，於是他謹慎地探頭進去，誰知鼻子一吸，濃烈的糞臭即撲面而至，幾乎如惡犬般把他狠狠驅趕。

間諜退了數步，不走，缺口向來是洩密的暗處，是間諜的好夥伴，怎能錯過它？他再接再厲，盡量壓抑住呼吸，把頭填滿那半磚的缺口，迫使自己於最短的時間裡飽覽磚山的底細。原來穴口的粗繩從山上垂延至地面，段段繩端沾滿或沙或糞的汙漬，如一窩瀕死的巨蟲。山的底層倒不以穴口分隔，數間有門有鎖的大廳裡，站著幾位身穿制服的男人。不消兩眼，間諜已肯定這些男人的制服和表情，全跟藝館的招待員一樣，尤其是那雙無情的眼。其中兩名制服員從廳裡捧出一籃雜菜野果，向山下的沙地一撒，繩頭便紛紛搖曳不停。間諜把眼珠向上滾，即驚見穴口裡的人正狼狽地游繩而下，慢的步步為營，急的幾乎直接摔下，還有一些人似乎按兵不動，依舊縮在穴裡，不爭先恐後。半途乏力怎麼辦？姑且暫降至別的穴口，休息片刻才又抱繩冒死。可是沙地上的菜果顯然供不應求，遲一點著地的話，怕要從沙糞中亂抓一通，方可覓得一點甚麼放進口裡。

制服員把籃子清空後，便返回大廳站著，監守沙地上人疊人搶吃的情況，苦悶得如在重看一套滿是陳腔濫調的劇。地上的菜果被著陸的人撕扯得四分五裂，他們一邊硬啃，一邊手忙腳亂地爭奪所剩無幾的菜果，絕不禮讓。人當然是人，但男的幾乎裸露全身，女的則僅以皺布裹體，且無不沙糞滿身，蓬頭垢面；是人是獸，間諜實在不忍辨清。與其說這裡是榮休堂，間諜情願相信，這群衣食貧乏的人不過是在藝館以外的這片祕地接受演藝培訓。他懷著如此想法，嘗試冷靜地細察這班人的表情。飢渴的、猙獰的、倦怠的、愁怨的……當中三兩面孔更混含藝館那經典劇照展覽裡某些巨星的神情，使間諜差點喊出他們的名字！他們的鼎鼎大名明明高掛在英雄榜上，怎麼會出現在這偏僻的磚山下？一條粗繩左搖右擺，「砰」一聲擲下一個頭不仰、腰不直的男人，其瘦薄嶙峋的背讓間諜想起《時空塑形》的海報。那海報上的男主角伏爬在沙地上，雙手掃來掃去，替沙糞抓癢，卻似乎沒抓到菜果。他轉過頭來，瞎著眼睛跟間諜打了個眼色，那被削去大半的下巴似笑非笑，像一副奇形怪狀的面具。間諜目瞪口呆地把頭從缺口裡縮回來，怕多看兩眼，就全然認出那是馬前輩；怕多看兩眼，從此就不能忘掉馬前輩這張臉；怕多看兩眼，就會想起菲，想起演藝之城。

間諜倚在圍牆外好一會兒，燙熱的磚頭從後挺住他的腦袋和腰背，彷彿要把他這不速之客竊竊溶掉。他放眼望去，廣漠荒寂無影，的確是與人不合的鬼地方。即使人大駕光臨，也只會被弄得跟磚山裡的人一樣，失人之態，毀人之靈。這磚山究竟為何座落於此？馬前輩等人的下場怎麼會這樣？這裡沒字沒牌，似乎連地方名稱也用不著。「砰砰」兩聲，圍牆內忽然掀起一陣騷動。還未問自己該不該再偷看，間諜已盡間諜的使命，把頭塞進那半磚的缺口。

沙地上的人陸續尋回屬於自己的粗繩，又拉又抱的把身體依附到繩上，伸伸縮縮向上攀，無非要重登各自的穴口。懸在半空的人當然不敢朝下亂看，但總得提防附近搖擺不定的人撞過來，像鐘擺般把彼此的骨頭敲得響噹噹；這女的爬了數步又滑下來，那男的比誰都落後，一口氣成功回穴的人絕無僅有。眾人在山前上上落落，碰磚撼地，把時間和體力徒費至極。馬前輩依然如一頭狗般，在地上糊裡糊塗，時而遭從天而降的人壓倒，時而被起跑抓繩的人踢開，使他乾脆全然躺下，勉強用背部保護自己。

雖然大廳裡的制服員認為眼前一切是尋常不過的秩序，可他們實在討厭來回勞碌的男女，把他們弄得眼花花。「砰」！一個快要登頂的身影不爭氣，手腳一軟便鬆繩而墮，高喊著撞向間諜前面的圍牆，沙塵滾滾，奄奄一息。繩上的人曉得又少了一名競爭者，有的愈戰愈勇，有的膽顫心驚，有的若無其事。沒有下山的人動也不動的在穴內發愣，或休眠，或陳屍，間諜無謂弄明白，反正活與不活都是差不多模樣。他瞪著眼呆望圍牆旁的那具人，男的，灰白的髮，眼睛張開卻不似看到甚麼，四肢的脈管還條條脹起，果然全拚了勁。肢體課其中一次練習是演屍體，蜷伏的、平躺的、側臥的；死不過是一剎那的事，可一剎那之中，容許身體發出獨一和最後的信號。那信號不論是自發的或是被迫的，都從頭到腳瀰漫不散，把不捨的回憶和未了的願望封印、總結。這墮下的人的回憶和願望是甚麼？關於演藝之城的嗎？如果他是一位演員，這屍的姿勢和神情幾乎滿分。

莫說設法把馬前輩救走，間諜連能否抽身離場也不太肯定。正當他仍在估計圍牆旁那人是生是死時，兩名呆板的制服員突然從大廳走過來，合力把那人拖至山下的一角。另外數名制服員則俐落地爬繩上山，於半空左顧右盼，檢視各穴口的情況後，便各自朝明確的目標連連跨繩，直搗那些賴著屍體或疑似屍體的穴。他們如卸貨般，逐一把那些身軀向沙地拋下，「砰砰砰」，嚇得地上的馬前輩縮得更緊。身軀飛躍墜地，不叫不舞，好一兩條還湊巧疊成一團，冷冷的擁抱。其他穴口裡的活人乖乖地躺著喘息，不敢惹制服員一眼。「清理」穴口後，制服員瀟灑地滑繩著地，拍拍屁股便一起把地上所有畸形的身軀收拾到一角，還順手拉起馬前輩，讓礙事礙路的大夥兒濟濟一堂。燒光他們？埋掉他們？把他們運往更遠的南方，或另一座磚山？可能乾脆讓他們隨日腐爛，省工夫。

圍牆似乎沒有出口，也沒入口，可若間諜遭制服員發現，他們準有辦法把他抓住，絕不讓他逃之夭夭。他得逃，他絕對不能屈在那些開放式的磚棺材裡，餓死或墮斃皆非活路。馬前輩還有活路嗎？誰可給他一線生機？誰使他於舞臺上不能自拔？他此刻還在演嗎？趁制服員忙在角落裡擺弄那堆身體，間諜不得不先為自己保住生機，捨磚山而奔。

他永遠記得那半磚缺口的形狀和大小。

無雲的白天光明磊落，照耀僭越而至又落荒而逃的間諜跨度沙地。磚山屹立不動，他卻疾馳如鹿，明明沒甚麼在追他。如果他回頭多看一眼，倒肯定會被甚麼咬住不放。你看！這磚山不是咧著格格長方形的血口，把人榨得體無完膚嗎？紅日也毒，把間諜催得筋疲力竭。只要他撲進陰涼昏幽的槐樹叢裡，便可受蔭。

「砰砰」的聲響始終猶如在耳，都怪槐樹太靜。間諜不偏不倚地依原來的方向折返，怕一旦搞亂路徑，那座不饒人的磚山又會迎面而來。他幾乎忘記，出城的時候，心裡明明牢唸著「榮休堂」這名字和那封信的內容。可是，這些印象現在全化為烏有，彷彿槐樹陣是一幕魔鏡，讓人發現截然不同的地域。一條不知屬於哪棵槐樹的樹枝幾乎絆倒間諜的右腿，害他的雙腳立刻踏了數步，才勉強重得平衡。這長期失衡的身體忽然提醒間諜，不管磚山的名稱為何，它都充分披露敵方勞虐人質的凶性。鄉親們就是於戰亂中被誘拐或俘虜至磚山，慘遭惡劣的衣食逼他們供出於敵方有利的線索。連地也侵奪了，為何還要強擄良民？是故意設局讓我親睹磚山，逼我自揭身分，束手就擒嗎？菲明明是敵方的人，可連她的爸爸也被丟進磚山，難怪她不得不聽從敵方的奸計，用那信來擺玩我。她的戲倒演得活，哪是真話？哪是對白？連爸爸也對所謂的榮休堂讚不絕口，難道他也被敵方威脅？他也向我說對白嗎？間諜提著左腿跑往樹陣的出口，卻被遠處劇院的尖頂猝然止步。

第八章　當局者清

「要識穿祕密更難。」

女孩站起來，依依不捨地凝望河水。

河水深不見底，不讓她看穿

雖然園丁不在家裡的花園，可他沒偷懶。浴室中的浴缸成了他的新莊園，他得考察水草於水底下生長的習性和擺舞的美態。

間諜從南方歸來，碰不上一個洗澡的機會。

「回來了？我剛開始在這裡養水草，你要梳洗的話，媽媽在花園裡搭了一個臨時的防水布池，你到那裡將就一下吧。」園丁把溫度計探進浴缸的深處，水全把儀表上的刻度和數字放大。

「在這裡養水草？它們不用曬太陽嗎？」間諜想起那寸草不生的沙地，忽然覺得缸裡的水草太綠太妖，像蛇。

「水草長在海洋的底部，整天整夜不受光，可謂不見天日。我怕這裡還不夠暗，待會得借你媽媽的布把這窗封掉。」水的溫度跟園丁預想的不同，看來水草正在呼吸。

「如果你將來住進榮休堂，還會有興致種些花草嗎？」間諜不肯定爸爸是真的憧憬榮休堂如樂園，還是早知磚山為敵軍所佔。

「偷偷地跟你說，有時候於舊劇與新劇、舊角色與新角色轉換之間，我也會大膽地構思一下在榮休堂的生活，當是鼓勵自己繼續演下去。可是，這些年來，我的生活一直被劇本和角色填充，種花、修路、跳繩、寫詩、造傘……數之不盡的技藝，我都因角色而磨練過。到底哪一樣是興趣？哪一樣我會在榮休堂閒下來的時候重拾起來？說真的，我倒想不出甚麼主意。我甚至開始懼怕，沒劇本沒角色的引領，我該如何把時日耗掉。你能想像長期沒有角色陪伴的日子嗎？大概我會腦袋空白，六神無主，做甚麼說甚麼也想不出個原因來，幾乎是一具空殼，欠缺實在的內容。劇本和角色是我軀體裡的內容，一旦退休，這內容到哪裡找？所以與其多想榮休堂，我更會珍惜現在演戲的日子；我演故我在，盡量讓自己被灌得滿滿，反正榮休堂照顧周到，進去後他們準有辦法讓你樂在其中，不用費心多想。」園丁撩撥彎彎的水草，一筆筆婀娜的綠色在轉。

「那麼不退休、不進榮休堂不就好了嗎？一直讓劇本和角色伴你終老，不就是最充實的生活嗎？」間諜相信爸爸不過是道聽塗說，被敵方散播的謠言迷惑。只是，從磚山拋下來的條條身軀，的確是空殼，沒有內容。

「現在我和劇團的合作雖是終身制，但當然不是讓我演到臨終一刻。人老了，自然無法牢記對白，肢體也漸變僵硬。對於演劇，恐怕有心無力，而劇團也不會讓如此老人在臺上獻醜。時候一到，劇團便會把你辭退；表現平平的便回家終老，只有多年的舞臺王者才夠資格獲榮休堂接待，享受演藝之城獎賜的退休生活。榮休堂是演員的大勛章，我要麼不退，要麼就退至榮休堂，這樣才夠風光榮幸。」園丁突然把整張臉浸入水裡，他要傾聽水草的心跳。

「如果榮休堂不如你想像般美好，你還會甘心去嗎？」間諜知道這樣問很殘忍，但他的確不願爸爸落入敵方那格格的血口中。

爸爸埋首於水，甚麼也聽不見，連兒子轉身走了，他還在水裡勒住呼吸。水草比他更自在。

崔主任不在二二四室，她只用通告吩咐淳和菲到課室，把各自預先錄製的錄音帶交換，然後戴上耳機，讓對方的錄音對白隨機播放，聽到哪一句便得接上下一句，限時三十五分鐘。菲如常較淳早到，她調好錄音機的設定，為計時器輸入準確的時限，連耳機的電線也梳得一絲不苟，果然是女主角金獎得主。淳先瞄見她的孖辮，再看到她的雙耳已被耳機塞住，一副敵方女孩的模樣，就緒又專業。只是，女孩的眼睛依然腫腫乾乾，淳知道她睡太少，哭太多。間諜和女孩分別坐在課室的角落裡，不瞅不睬，一聽到計時器的號令，便如參加問答遊戲般，於座位上先聲奪人，眼睛哪裡都不瞧。

「我替我方軍隊做的事，你全知道了嗎？」女孩於耳機裡問。

「他們派人暗中調查我，我不感到意外。我只是不想查我的人是你。」間諜毫不猶豫地唸出對白，還差點衝口而出，要向女孩追問磚山到底是哪一回事。

「我自小喪失雙親，靠姑母一家把我養大。姑丈不過是軍方的一個低級文員，薪水和福利微乎其微。別說多照顧我這孤兒，光是姑丈一家老幼五口，已差點把家裡的儲備耗得一文不剩。如果這次我不聽軍方的指令執行任務，我和姑丈一家都不會有好下場。你說我怎能忘恩負義？」耳機裡的女孩似乎要哭。

你哪裡有姑丈姑母？你的爸爸不是剛進磚山嗎？怎麼說他從前就不在？撒謊撒得如此離譜，到底背後的騙局有多大？為了那些殘暴無良的幕後黑手，你居然不要臉地對我亂扯一通，難道你忍心讓我一步步地錯信你，使我淪為你們的玩物嗎？

間諜遲遲不答女孩的話，錄音帶乾脆跳至另一段。

「我真的沒有瞞你甚麼，那麼你有祕密要跟我說嗎？」女孩盛意拳拳，向間諜的雙耳送話。

如此造作實在令人生氣，你以為裝作坦誠無忌地吐露心聲，便可使我放下戒心，如實說出我於磚山見到的一切嗎？我冒死前去，冒死回來，全為了你。到頭來你竟然這樣假惺惺，試圖從我的口中套出甚麼。你看，你都不敢瞧我一眼，是你對我忘恩負義吧？

間諜幾乎把耳機扯掉，巴不得直撲至對角的女孩，要她把話說清楚。

該死的錄音帶繼續咄咄逼人。

「如果你正密謀向我方軍隊做出甚麼的話，千萬要先跟我商量一下。我好歹知道他們大概的動向，可以嘗試跟你裡應外合，就怕你打草驚蛇，壞了大事，到時候我們便插翅難飛。」錄音帶滾滾的轉動著，把女孩的真情假意混得均勻。

你在哪裡跟我裡應外合？你連磚山裡的爸爸也保不住，我靠你還不如靠自己。要是你真的清楚敵方的底細，為何又對甚麼「榮休堂」裝出一臉無知，引我到那裡看個明白？我以為即使整片陣地與我為敵，也至少有你跟我一起共度患難，可你從頭到尾跟敵方狼狽為奸，一心把我當成傀儡，逼我聽你胡說八道！

除了耳機裡的妖言，間諜還隱約聽到女孩於課室的對角竊竊私語。兩把相同的聲音一遠一近，互疊互纏，如兩個相同的人在合唱，或吵架。耳機裡的聲音間諜再也聽不下去，他倒奮力地偷聽對角的暗語，嘰哩咕嚕的十分可疑。女孩看起來不像跟敵軍告密嗎？她天天如是，戴起耳機和敵軍通風報信，把關於我的一切告知對方，真絕。

錄音帶對菲窮追不捨，鞭策她一字不差地接應間諜的說話。她仔細地傾聽間諜的語氣，試圖估量說話背後，到底掩藏甚麼動機或苦衷。那信到底掩藏甚麼動機或苦衷？怎麼我讀來讀去，也無法從字裡行間捉出一條明明白白的道理？錄音帶裡可有提示，竊竊助我拆解疑團？說時遲，那時快，錄音帶剛剛居然跳回上一幕的對白，害得女孩差點反應不及，一下子不知該從腦裡何處撿拾答案。

計時器「嗶嗶」的鬧個不停，女孩和間諜驚愕地從角落裡站起來，一起把儀器收拾至儲物櫃。對於彼此的聲線，他們聽得又厭又膩。

他們現在並肩聽河。河從不彩排，聲音和姿態無需劇本指導，然而表現卻自然又穩定，不知是因為它天賦超卓，還是自律成才。河似乎日夜不息地唸誦長篇的獨白，野鳥和風偶爾插嘴，當片刻的配角，使河於舞臺上不至過分冷清。女孩和間諜也不時以絮語替河水助陣，二人到底是觀眾，抑或跟野鳥和風一樣擔當配角，則只有河才可定奪。

「劇團和榮休堂再也沒有交代爸爸的現況，看來他們要我硬受這安排。我在家裡把爸爸的東西翻了一遍，除了演劇所需的雜物，丁點兒也沒有關於退休和甚麼榮休堂。他的東西還在，我還在，他怎可就這樣一走了之？」女孩依然以孖辮示人，河覺得有點礙眼。

「到底榮休堂是甚麼？」間諜認為女孩簡直不可理喻。剛才不是楚楚可憐地說爸爸早就過世嗎？現在竟又稱他突然退休，退休哪會像狗一樣在沙糞堆中覓食？至親身陷險境也坐視不理，還口口聲聲提起甚麼榮休堂，我倒看你如何狡辯下去。

「我不敢向老師和前輩多問，知情的人一定把我盯得緊。如果我失態的話，說不定他們連我也會送走，免麻煩。你有沒有從你的爸媽那邊打聽到甚麼？」女孩的耳內剛閃起間諜的一句對白，她摸一摸孖辮。

「他們也沒多說甚麼。」又來這套身不由己的腔勢，把自己的責任卸得一乾二淨，還打算拿我的爸媽當擋箭牌，為你和敵軍的騙局解說？間諜實在嫌河吵耳，嫌女孩吵耳。

「那也沒辦法。目前我能夠做的，就是把這角色演好，證明給學校和劇團的人看，我還是有當演員的價值。只要我順他們的意，乖乖聽他們的話，可能他們終會網開一面，讓我知道爸爸退休的內情，甚至帶我見見他。我只能這樣奢望。」女孩恨不得河立刻告訴她爸爸的下落。

「你很會演，演得很好。」間諜當然不敢小看眼前這貌似平凡的女孩，畢竟她是敵軍精挑細選的祕密武器，防不勝防。

「剛才在課室裡聽著你的錄音對白時，我忽然想，如果我們把從前在這裡卸角的對話錄下來就好了，那是多麼珍貴和私密的對話。現在愈來愈接近我們這劇演出的日子，爸爸又弄成這樣，在這裡卸角倒變成一件奢侈和勉強的事，我們連這裡也快要守不住了。」女孩希望河停下來，讓她捉緊它。

「要守住祕密，真是挺為難。」間諜不知道女孩的葫蘆裡賣甚麼藥，但他自己何嘗不是背負當天於磚山的所見所聞？他能告訴誰？誰又跟他一樣，發現磚山這祕地？他慶幸從前在這河旁說的話沒被錄下，不然女孩準會把錄音當成他的罪證，向敵軍告狀。

「要識穿祕密更難。」女孩站起來，依依不捨地凝望河水。河水深不見底，不讓她看穿。

間諜眼見女孩挺著孖辮愈走愈遠，不知道她又趕著回去跟敵軍報告甚麼。他討厭這河，這河把他弄得像個有口難言的傻瓜。

他不會再來。

背河上坡，間諜一拐一拐的不顧去向，卻偏被人聲鼎沸的演藝大道惹得又煩厭又好奇。那種熱鬧的人聲聽起來十分焦急和雀躍，像是不約而同地期許甚麼千載難逢的美事。敵軍臨城，居然還一片普天同慶的樣子，難道全都吞下敵軍的迷藥嗎？間諜相信眾人皆醉他獨醒，且看這大道在搞甚麼鬼。大道上不少商店的門前皆列出蜿蜒無盡的人龍，人龍有時候縱橫交錯，使人不慎弄錯目標，冤枉地候了一趟。每條人龍的首端皆佇著一位高舉數字牌的員工，他的職責不大，無非就是要明確地倒數某種貨品剩餘的數量，害得虔誠的人龍引頸以盼，心亂如麻。

從「20」揭至「19」的一刻，人龍之中人心惶惶，無不瞻前顧後，料算自己是否來得及當上幸運兒；當上幸運兒的人春風滿面地從店裡蹦跳出來，有意無意地向四周炫耀至寶。間諜陷進水洩不通的人龍陣，急步追隨那些滿載而歸的人。他們提著重纍纍的透明膠袋，袋裡的球狀不就是《時空塑形》裡的人頭雕塑嗎？顆顆馬松欣的人頭複製品被沿街的民眾牽吊著，幾乎如從菜市場裡買下的豬肺牛肚般，嚇得間諜的眼珠妄亂地轉個不停。他左閃右避，既搞不懂大家為何如此齊心，做出對馬前輩不敬的事，也怕那些此起彼落的人頭發見他，追怨他為何不把馬前輩從磚山救出來。

這是一場甚麼樣的盛典？馬前輩人在煉獄，你們卻如在天堂開派對般，拿他的人頭開玩笑，把它當作獎品或是戰利品？我們的確戰敗了，且淪為敵軍的戰利品，任他們魚肉，但我們絕不能長他人志氣，滅自己威風。到處掛著馬前輩的首級示眾，是因為你們受敵方唆擺，支持把馬前輩斬首嗎？還是他已經遭斬首，敵方命令你們大肆慶祝？敵方在我們的背後做盡傷天害理的事，利用我們壯大他們的利益，卻於我們面前粉飾太平，試圖把我們蒙在鼓裡，跟傻瓜一樣對他們唯唯諾諾。馬前輩建樹良多，勞苦功高，現在卻被困在磚山裡苟延殘喘，甚至可能身首異處。他的人頭值多少錢？他的造詣何價？你們誰都買得起嗎？除了這人頭，他還帶給過你們甚麼？你們怎麼寧願在這裡湊熱鬧，也不去磚山看他一眼？

間諜的膝蓋差點踢到不知是誰買得的馬松欣人頭。前方一條人龍痛心地目擊數字牌剛從「1」降至「0」，然而他們自強不息，立馬分拆成數條小隊，不假思索地接上別店的人龍。凡是限量的都格外珍貴，門票有限，場次有限，角色有限，對白有限，演員的生命有限，但馬前輩的生命到底被甚麼推至盡頭？他在磚山的「貴賓」身分為何如此卑賤不堪？當他迎來生命的盡頭時，是否就變得一文不值？被敵軍管治的日子是有限還是無限？間諜拚命地於演藝大道上力爭上游，他不能跟民眾一樣糊塗，淹沒在敵方刻意營造的潮流和信仰中。如此荒唐不智的畫面，於敵方來說，簡直正中下懷，是他們籠絡人心、操控民意的成果。他得迅速擺脫這裡，以免誤墮陷阱，有負間諜這身分。

為了不引起敵方懷疑，間諜得按時到藝館跟董大師見面，以顯行蹤的規律。藝館門前的保安員如常歡迎他，雖然這些保安員較功能室裡的招待員親切，但間諜總覺得他們笑裡藏刀，似是滿心歡喜地招引你落進這館的魔陣中。的確，沿樓梯和長廊走，間諜逐一經過屢屢傳出尖喊聲的功能室。他瞄瞄門牌，「視聽室」、「觸覺室」、「嗅味室」，全是敵方為了方便管治而用來改造民心的鬼地方，真是令人髮指！多少鄉親誤信敵方的指點，被半逼半騙墮入這等熬人的地方，身心飽受摧殘和折磨。他們迷迷茫茫地遭敵方牽著鼻子走，走向對方如意的方向。這裡簡直是靈魂的屠場，還虧保安員笑盈盈地請君入局，到底他們知不知道自己正在幫敵方辦壞事？還有這些視聽室、嗅味室和觸覺室裡的招待員，全跟磚山裡的制服員一個怪相，是幫凶的邪相、泯滅良心的可憐相！間諜一邊忍痛地側聽功能室裡喜怒無常的症候群，一邊碎步趨近董大師的房間。董大師洞悉這場戰爭的來龍去脈，又是這鬼地方裡位高權重的人，專門催眠和砍葬鄉親的靈魂，得當心。

「怎麼樣？遇見敵方那可愛的女孩了嗎？」董大師請間諜坐下。

「該是她了。」間諜盡量把一切表情收起，董大師的眼神實在敏銳。

「跟她的關係愈來愈親密，使你害怕還是高興？」

「既然我已成為敵方的人，自然把她當作自己人，沒甚麼好怕。」

董大師的雙眼瞪了一下，又佯裝平靜地向窗外看。

「把她當作自己人，是要和她聯手反抗敵方，讓他們全軍覆沒嗎？」董大師肯定自己沒搞錯劇本的情節。

「敵方把這裡打理得如太平盛世般，街上一片歡騰，鬧哄哄的，沒有讓他們全軍覆沒的理由。」間諜口硬心硬，絕不容董大師試探得出他的異心。

「你不是說過，不論敵方如何讓你衣食無憂，你也誓死不會忘記他們的惡行，非要報仇雪恥不可嗎？」董大師把間諜從頭到腳瞧了一遍。這孩子依然是演藝之家的兒子，是表演科頂尖的學生，幹麼逆劇本而行？

「我沒說過這種話，請不要隨便捏造罪證，陷我於不義。雖然我歸順於你們不久，但我確實心甘情願跟你們一夥，沒有多餘的想法。」間諜料定董大師該沒把他先前的說話錄下來，姑且撒個謊。

「我早已說過，我不是任何一方的人。在我面前，你大可有話直說，不用防範。」為了劇本的進度，董大師實在難以奉陪間諜拐彎抹角，這玩意兒該適可而止。

「當然，這裡全由敵方管治，誰也是他們的人，無分此方彼方。雖然我的口裡說著敵方，但這樣只是因為他們在戰場上所向披靡，使我甘拜下風，能夠曾經對敵實是榮幸，現在當然絕無敵意。我對你沒防範，請你也相信我。」間諜反客為主，明目張膽地凝望董大師，一副無堅不摧的臉容。

董大師看著這個賣命演戲的學生，不禁感到有點可惜，可惜他只在演自己想出來的戲，而不是劇本寫好的戲。

「是不是那女孩對你說過甚麼，做過甚麼，使你被迷得昏昏的，心一軟，就這樣放過敵方？你得知道，對你來說，她是一種考驗，一項誘惑；再美好的兒女私情，也不及家鄉和報仇重要。難道你千辛萬苦密謀至今，就敗在一個女孩的手上？」董大師替間諜著急，怕他只顧自己腦袋裡歪錯的情節，一去不返。

「我從來沒有密謀甚麼，跟她也無特別的私情可言。說起心軟，我倒要答謝敵軍刀下留情，饒我一命，現在還讓我不愁生活，你說這裡多好。」間諜早把兒女私情拋進河裡去。

窗外的陽光忽然被烏雲切斷，使董大師和間諜的臉一下子暗沉下來，如演員於舞臺落幕後的模樣。

「好吧，那麼你就在這裡好好過。我們改天再聊。」董大師無可奈何地站起來，送別間諜。

「好的，改天見。」

第九章　淘　汰

演藝之家門前的小黑板不知被誰動了手腳，上面的內容突變得平凡多了

「媽媽：裁縫
爸爸：園丁
淳　：學生」

演藝之家門前的小黑板不知被誰動了手腳，上面的內容突變得平凡多了。間諜一回來，差點以為走錯路，到了別人的家。

「媽媽：裁縫

爸爸：園丁

淳　：學生」

這裡明明是安全屋，照理該不怕公開我間諜的身分。標示我為學生，看來是爸媽杞人憂天的做法，借這小黑板為我掩飾，真可愛。不，還是敵方剛發現我圖謀不軌，識破我間諜之身，於是貶我為軍校的學生，從頭接受他們邪惡的教育？間諜略略掃視門的邊框和鎖扣，完好無缺，門後也似乎沒有打鬥或爭吵的聲音。在進屋探察爸媽前，間諜執起小黑板旁的粉筆，於「學生」之後補寫「（斷了左腿）」。他偏要鬥氣，讓誰都記住敵軍的血債。

「回來了？到花園洗個臉吧。」淳的媽媽笑面迎人，可那張歡顏實在裝得糊塗。

「誰改了黑板的字？」間諜環顧客廳和飯廳，沒多餘的人，四周依舊堆滿布線和盆栽。

裁縫放下手上奶白色的線球，本想上前湊近兒子，拍他的肩也好，撫他的額也好，可她始終原地踏步，不敢動身。

「學校剛才打電話來，說藝館和學校雙方一致決定，把你從目前的劇抽出，改由別的學生擔演你的角色。你現在可以閒下來，回校上些常規課就夠，不用再管排劇的事，還可多點留在家陪陪我，好不好？」裁縫戰戰兢兢地瞄看兒子的輪廓，他那副嚴肅謹慎的模樣，早不見兒時的天真。

地上一襲麻繩快要纏到間諜的左腿，他進退兩步，繩終讓他自由。

「只上些常規課？」間諜一直定睛朝媽媽的工作桌看，盡量避開她的臉龐，以防那遺容浮現。

「不錯，所以我替你把黑板上的字改了。有我打點一切，不用操心。」裁縫從工作桌上拿起一幅波浪紋的紅白手帕，把它遞向淳。「我剛縫了這手帕，棉質的，洗臉抹汗都好。」她的微笑偏苦。

「謝謝，很好看。」間諜一接過手帕，便嗅到從它傳來的淡雅的香水味，準是媽媽替它添噴的。他握住手帕，深懂爸媽於敵方的擺布下，雖受過不少委屈，但仍舊處處愛護他，守候他。如今敵方公然撕下他間諜的身分，試圖終其復仇大計，還使爸媽如此擔心，他怎能就此罷休？只要大仇未報，他天天為間諜。

「爸爸呢？」

「他在浴室裡弄水草，還關上門，別管他。」於兒子回來前，裁縫才剛勉強地趕園丁進浴室。為了學校那電話，園丁又怨又罵，罵兒子沒出息，丟盡演藝之家的臉，聽得裁縫煩厭極了。

「他還好嗎？」間諜擔憂爸爸得悉他的身分遭箝制後，會否一蹶不振。他們一家絕不能喪失抗敵的意志。

「他餓了就會出來，讓他一個人吧。」

間諜捏著手帕，緩步走近浴室。他把耳朵貼在門上，希望聽到水草的呼吸和爸爸的心聲。柔柔的水聲圍繞浴室，多得園丁的手穩定地於水裡航行，為撒嬌的水草按摩。間諜隔著門，憑漣漪的節奏，揣測爸爸的思緒。他當然感受到爸爸的苦楚，先是媽媽慘遭殺害，現在他又頓成敵方的眼中釘。家門不幸，爸爸無路可退，只能消極地跟植物窩在一起，療傷個夠，哀悼個夠。間諜一直以為，只要在外行事謹慎，不弄出甚麼麻煩的話，便可保這家平安，免爸媽擔心。誰知敵方偏咬住他們不放，還讓爸爸誤信甚麼榮休堂是生活的最後賞賜，騙他抱持一個巨大的假希望過日子。敵方作惡多端，無孔不入，間諜實在不能坐以待斃。

水哼著寧神的曲，哄水草，哄爸爸，哄間諜；間諜不等了，他得回房間速謀對策，還這家一個公道。

至深夜，園丁趁水草和兒子都睡了，才從浴室走出來。他把牢騷強忍了數小時，在客廳一碰見妻子，便禁不住一口氣囉嗦起來。

「這不中用的孩子，我真不想見到他。」園丁煩躁地撥開從天花板吊下來的繩串，一股勁兒栽到沙發上。

「他也不好受，你不要甚麼都放到臉上，他很敏感的。」裁縫按針的粗幼和長短，順次把它們排在工作桌上。

「我的臉上能有甚麼？我的臉全被他丟光，真想不到他居然為這家蒙上一個汙點！」園丁的口氣把半空中的繩串吹得左搖右擺。

「你不能全怪他。我都說了，他這角色不好演，甚至根本超乎這年級的程度。你也看見，這段日子他多麼賣力，能做的都做了。既然他始終應付不來，就順順校方的意，息事寧人吧。」

「我能不順嗎？他們一聲通知，哪有商量的餘地？你都知道，被劇組淘汰出來，是演藝事業裡非常不光彩的事。何況他還在求學時期，已因這仗把自己弄得臭名遠揚，完全枉費了這些年來我們對他的培育，以及別人因為我們而給他的機會。即使他勉強畢業，之後的路也不會好走。」一根針掉到地上，園丁替裁縫拾起它。

「他弄成這樣，我和你也得負責。雖然我們三人各有角色，但畢竟他的經驗淺，我們該多點指導他，使他不至於把路走歪了。現在說這些都太遲。」

「你說得對。現在別人不只會嘲笑他實力未夠，還會指責我和你教導無方。堂堂演藝之家，大名鼎鼎的男主角和女主角，居然把兒子弄不成才。別說演配角小角，現在連上臺的機會也全被沒收，真不知道這小子到底在搞甚麼！」

「校方於電話裡沒有解釋甚麼，我看他們只把他換走，不加懲罰，也就不便多問原由，怕萬一多嘴，他們就會對他更嚴苛。」裁縫沒精打采地數算針的多寡，又把它們砌成兩顆星。

「換角本已是一個很大的懲罰。這小子好歹領過男主角金獎，現在的表現怎麼一落千丈？是他真的演不來，還是做了甚麼得罪學校和藝館的人，使別人公報私仇？他怎麼就不能好好珍惜這個重要的角色，讓自己的名聲和造詣更上一層樓？偏偏搞出個爛攤子來，功虧一簣！」

園丁瞥見妻子要他小聲點的手勢，他省得理。

「與其憂心他的名聲，不如想想我們能為他做甚麼。剛才他回來聽到消息後，明顯怕我們擔心，才刻意壓抑住情緒。如此沉重的挫敗，我怕他受不來，我們得好好陪伴他。」

「讓他從這大教訓中學習和反省吧！叫他知道別以為沾爸媽的光便可一世走運，在這城幹活，凡事得講實力，別人給你的面子也始終有限，靠自己才能走得遠。」園丁靠自己從沙發上站起來，沒一句「晚安」。

「他的實力一直不賴，我們就多給他時間和耐性，先過了這學期，再重新為他裝備，下學年他定可振翅高飛。」裁縫把針收回小布袋裡，她欠兒子一句「晚安」。

淳的媽媽始終忐忑，雖然誰也無法推翻學校和藝館的決定，但兒子忽然不明不白地被排除於劇外，準是出了甚麼過分的狀況。她不便打擾學校的老師，只好往藝館走一趟，私下向那位尚有交情的中間人求教。

「董兄，可以一起聊聊嗎？」淳的媽媽把半張俏臉伸進門隙中，倒沒嚇壞董大師。

「我一直在等你，進來吧。」案上躺著數份劇本，董大師皺皺眉頭，挑起中間那份。

「淳到底怎麼了？你也同意藝館和學校的決定嗎？」淳的媽媽已經有好一段日子沒跟董大師碰面，他看起來依舊滿有師兄和智者的風範，靠他排難解憂總不會錯。

董大師揭了揭那份劇本，又把頭搖來搖去，難以啟齒。

「他的腦袋壞掉了，很可惜。」董大師苦惱地望住淳的媽媽，如一名殘忍的醫生。

「這是怎麼一回事？他是不是闖了甚麼禍，為你們添麻煩了？」淳的媽媽急得要命，幾乎要抓住董大師的臂。

「你得相信，這不是一個魯莽和衝動的決定。學校的人昨天打電話來，說他們從課室的錄像中，發現淳對一項錄音對白的訓練完全招架不來。他不僅接不上對白，還一語不發的恍恍惚惚，似乎不了解訓練的用意是甚麼。這當然使校方和我感到非常驚訝，但更令我詫異的是，在這通電話之前，我如常約見淳，為他輔導角色。我們聊不到數句，我已發現他好像深深地、倔強地把自己和角色鎖死在劇情的某個定點中，既不讓我推進，也自我封閉得只對我說些敷衍的話。我實在摸不著頭腦，他並非把角色掌控得出神入化，借其性情舉一反三來玩弄我，而是他顯然把角色和劇情全反了，盡說不該說的話，不能自拔，叫我一時不知如何是好。可是，他絲毫沒有摒棄角色，只是把它捉得太緊，連劇本也不顧，只隨自己的意念泥足深陷。為了此劇和他本人，我想是時候把他從劇裡釋放出來，讓他好好休息一陣子。」董大師合上劇本，靜待淳的媽媽反應過來。

「他一向勤於背唸對白，記憶力頂佳，是不是那卷錄音出了甚麼問題？他是不是一時無聊，才故意捉弄你，跟你開開玩笑？你們可會給他一次機會，讓他解釋其所作所為？說不定當中涉及甚麼沒人為意的誤會……」淳的媽媽曉得董大師絕非一個妄下判斷的人，只是她萬般不願相信，兒子的腦袋果真壞掉了。

「校方已檢查過那卷錄音帶，沒問題。如果你看見昨天淳如何在這裡蠻不講理地維護自己的角色，我想你也會不忍繼續留他於劇中。」董大師憶起間諜那張臉，還是挺像他的媽媽。

「你不覺得這劇和這角色對他來說太艱深嗎？為甚麼校方要寫出如此迂迴曲折的劇本？我怕連其他參演的學生也吃不消。」

「我明白你愛子心切，但你也知道，這城從不容任何人質問誰寫劇本，為何這樣寫劇本。我們只懂這城借演員和舞臺，向大眾灌輸劇本的意旨和主張，使這裡成為一處愈趨美好的地方。我們有幸獲選為使者，肩起演藝使命，自然不論劇本深淺，也得有血有肉地把它呈現到舞臺上，向民眾播下思想的種子。你參與過無數演出，宣揚環保的、鼓勵節儉的、提倡個人和公共衛生的、剪惡除奸的……不是全都自有其用意嗎？淳這劇旨在勉勵大眾得保家衛城，毋忘這城的孕育之恩，尤對成長中的學生和年輕一代關鍵，實在是一部難能可貴的劇本。」

「抱歉董兄，我失禮了。這些我都明白，只是正正因為我和孩子的爸爸都演了這麼多年，偏偏扶不正孩子，讓他胡思亂想，背棄了這城的信任，辜負了大家的栽培，我真是難辭其咎。我絕沒有怪責藝館和學校的意思，是我教子無方，還給你添麻煩，真對不起董兄。」淳的媽媽清楚她的演藝之家已收了一名敗將，不能再丟掉餘下二人的地位和身分。

「別這麼說，我也替這孩子感到惋惜。回去多看看他，你還要兼顧目前的角色，辛苦你了。」

「孩子是我的，角色也是我的，我應該做好本分。今天實在打擾你了，我先回去，希望你下月到劇院看我的演出。」

「當然，預祝演出成功。」董大師輕輕揮別身心俱疲的女明星。

第十章　英雄榜

「沒有觀眾的舞臺，才會呈露現實的劇本。」

校訓永不讓任何人通曉這至理名言

既然敵方已揭露我的身分，還先下手為強，逼我降服於居心叵測的教育下，我便不得不盡快逃離敵方的陣地；多就範一天，便多姑息他們一天，我不要淪為邪魔的幫凶或棋子。間諜沒收拾甚麼，行裝太繁的話，只會引來他人起疑或追捕，間諜這職業是最低調不過的人。向南的路依舊向南，劇院和演藝大道相繼目送他。也許它們之前同樣目送過朝南遠去的人，可只有間諜才清楚南方是地獄的座標。他無畏，只要一氣呵成地硬闖磚山，深入穴口，搗破制服員的陰謀，便可把磚山連根拔起，揭穿敵方見不得光的真面目。磚山雖危險，卻是敵方醜陋的心臟；刺它一刀，方能遏止其暗毒的血脈，使城裡的人不再受到荼毒。

槐樹過濾了大部分的陽光，叢下只剩半暗不明的葉影和清涼的空氣。間諜一步輕，一步沉，胸懷壯志地跨過連綿的樹根，如赴戰場般雄心勃勃。的確，他曾經擔當一名青年軍，於戰場上跟敵方一決勝負。現在他捲土重來，隻身直撼敵軍重地，生死早已不是他計算的事。他俐落地撇開排排樹幹的誤導和干擾，只管順南方的線索昂首邁步，極地一戰絕對使他感到亢奮難耐。樹群曉得間諜焦急，趕快借風於頂上吹開裂縫，讓陽光照領他投向沙塵滾滾的平原。平原、磚山和烈日果然尚在，間諜睜大雙眼，盯定那座披繩發臭的磚山，一提步便朝它奔。他心甘情願自投羅網，前方正是一座久欠觀眾的舞臺。

沙當然沒有記載間諜先前留下來的足印，彷彿一切痕跡皆微不足道得被風和陽光輕輕抹走。一深一淺的腳印連綴不懈地引領間諜畫下劇本以外的軌道，使他以為終能把角色全然釋放和放大，大得足以吞噬磚山這座宏壯無情的舞臺。孑然的影子披著黑沉沉的戲服，於過分猛厲的射燈下默默前行，誓要孤注一擲，把更多的影子拯救出來，讓它們變回有血有肉的人體。

磚山的圍牆依舊高，又燙。間諜一邊順沿圍牆繞，一邊抬頭觀察山上的動靜。繩不動，自然人也不動。穴口裡一片死寂，大家寧願省力省氣，奢冀憑僅存的力量撐至下一次的派糧時間；先安全著地，後爭奪菜果，誰也迫使自己如此求生。既然這是目前唯一的活路，間諜也只好先照著辦，隨機應變。他摸至那半磚的缺口，無畏無懼地探頭進去，糞臭絲毫挑不起他的神經。雖然大廳裡的制服員閒著沒事，但他們仍然站得硬直如鐵，好像要向蒼天和紅日敬上數小時的禮。間諜倒急，他急於尋找上次那疊被棄置的身體，尤其馬前輩枯瘦的背，可那角落、那角落和這角落皆無人影，沙地上頂多只有稍微起伏的泥糞和纏個你死我活的繩端。

他不能等，這裡的影子消失得太快。

「請問可以讓我進來嗎？我是來投誠的青年軍，並沒惡意。」間諜從缺口中喊出自己編寫的對白，希望制服員能同樣專業地飾演制服員，接應一句。

「誰？」兩名制服員異口同聲地問。他們叉著腰跑向圍牆的缺口，才驚覺那處原來有個缺口。

「我是來向你們投降的，請問可以收留我嗎？」間諜早已看慣藝館的招待員冷漠無神的嘴臉，如今跟這兩名制服員對峙，簡直一見如故。

制服員望向彼此，又一起湊近缺口，端詳出面那副青春得可怕的面容。

「求求你們，讓我進來吧。」間諜既誠懇又急切地把一切的演技擠到臉上，缺口是唯一表演的方向。

畢竟制服員是寡言的角色，他們只管一個從牆邊搬來一把上了鎖的伸縮梯子，一個奔回大廳，向其他制服員指手畫腳，似要十分隆重地迎接這非進不可的訪客。

梯子往牆外一擺，間諜便遷就著左腿，逐步爬越敵方的底線。穴口裡的人似乎被這異常的動靜喚醒過來，紛紛伸出半個頭俯視地下的情形，卻始終不敢輕舉妄動，怕惹上制服員，又怕一不小心「破口而出」，摔個粉身碎骨。置身於整環的圍牆中，間諜不禁感到無路可逃。該跟鄉親們密謀造反，合眾人之力把制服員綁起來嗎？還是由我獨自出手比較方便？制服員可有特定的睡覺時間？間諜一邊忙著向制服員道謝，一邊隨他走向繩堆前，領取專屬他的粗繩。間諜搖搖繩端，並沿繩端發起的波紋仰看，層層穴口果然如永不飽足的血口對他垂涎三尺，不，垂下來的繩豈只三尺？他再舞動繩端，試圖追溯繩的另一盡頭，可烈日偏凶惡得直刺他的眼睛，要他看不清其「貴賓室」到底有多高。制服員一直在旁，既不指導間諜如何攀繩，也不催促他趕快起步，只肅穆地讓這怪客過自己的癮。

「再不爬的話，怕要惹起他們的疑心。」間諜不靠彩排，一上繩便正式演出，不容自己失足成恨。他先用雙手抓緊頭上那段繩，同時借臂力和腰力，把整個人吊到繩上，如猴般以四肢——不，三肢半——箝住晃擺不定的繩；繩晃擺不定，他自然得限制勁力和動作，不然未登穴口，他已被弄得頭暈眼花。欲速則不達，間諜循序漸進地伸屈著身體，一寸接一寸，大膽地信賴繩的牽引和支撐。如此懸空的狀態忽然使間諜感到莫名的熟悉，搖呀搖，不正是跟視聽室裡的搖籃搖出相似的招數嗎？他靈機一動，自信地學以致用，借搖籃教曉他的平衡法和重心法，巧妙地制衡繩的擺動，使他能伺機加密手腳的節奏；一拉一踩，果然俐落地鎮住粗繩。

不論是這爬繩新手出人意表的技藝，還是他年輕有為的神采，都叫穴口裡的人看得目不轉睛，又不明所以。他們不明白，好端端的一個少年，為何自告奮勇，不請自來，枉費大好的生命？他也得罪了演藝之城嗎？他丟了演藝之城的面子嗎？演藝之城不再需要他嗎？他看起來像不像那著名的演藝之家的兒子？間諜愈攀愈順，乘機分神偷瞄穴口裡的鄉親。他歉疚地以耐人尋味的眼神，向他們寄予問候和安慰，奢盼他們能原諒他姍姍來遲。馬前輩已經不在這裡了，間諜拉呀拉，多想使勁把馬前輩拉回來，更想一鼓作氣拉倒這磚山，把敵軍的毒瘤夷為平地。

繩已經在他的雙掌中，刻出糾纏不清的痕紋。半座磚山已在腳下，他不得不咬緊牙關，趁這陣涼風為他消暑之際，傾力以繩作為身體的軸心，人繩合一地發動向上的引力。他深懂穴口裡的鄉親全把逃出生天的希望押在他的身上，即使左腿實在幫不上忙，他也得奮不顧身地瓦解這裡的所有磚頭。四野的風景躲在間諜大汗涔涔的背後，害他無法一覽天高地厚，只管全心全意攀赴那求不得的「貴賓室」。他幾乎肯定，制服員是為了測試他投降後的忠心，才故意安排他入住頂層的穴口；有心則有力，這項入場的考驗，他一定要過得漂亮。

間諜一邊聽著自己氣喘如牛，一邊竊聽從各方穴口傳來的打氣聲，還暗暗高興這曖昧隱祕的打氣聲，正是他和鄉親之間的私語，制服員無緣辨察。他未累，可繩已累了；繩使勁地帶他征服整座磚山，讓他不遺餘力地履行間諜的使命，為這荒僻的舞臺上演一場驚心動魄的獨腳戲。只是，在山頂上久候的制服員早已看得不耐煩，等間諜朝終點多爬數下，制服員便亮出一把絕非道具的利刀，於間諜的眼前，狠狠割斷他那抱住不放的粗繩。他很想大喊「不要！」，他應該大喊「不要！」，阻止馬前輩於臺上自毀容貌，但間諜這刻全然被懷中的繩嚇得不知所措。那條於空中失重的繩一邊躍下，一邊質問間諜，到底他這刻抱住的是甚麼？鄉親的寄望？敵軍施捨的生機？媽媽的遺願？從抱恨閣抱至入骨的仇恨？還是學校頒贈的男主角金獎？間諜未及一一回答繩的問題，便在繩的陪葬下，最後一次聽見「砰！」，響得他頭痛欲裂，彷佛眼前高入雲霄的磚山是一幕虛有其表的英雄榜，一倒下來便把他壓得血肉橫飛，連右腿也被廢。

「沒有觀眾的舞臺，才會呈露現實的劇本。」校訓永不讓任何人通曉這至理名言。

裁縫正在客廳的工作桌前忙得不可開交，她得施盡所有縫紉和裁剪的絕技，專心致志地製作一個跟淳的身形一模一樣的布偶，來代替死去的兒子和他那遍尋不獲的屍體。既然藝館說有人目擊淳投河自盡，裁縫和園丁便倉倉皇皇地奔到河邊搜索，呼天搶地；既然上游下游也懶得浮現淳的屍體，裁縫只好親手還原兒子的每寸髮膚，借偶還魂，睹物如睹人。兒子的腳掌天生扁平，如不穿上底部弓起的鞋子的話，走路不一會兒便又累又痛。何不改造他一下，使他走得輕鬆點？裁縫滿有愛心地扯緊腳底的線圈，以多重死結牢牢收窄中間的闊度，讓棉花塞滿理應肥厚的位置，連線末也要修剪得貼貼服服，不然他走起路來準會癢得不耐煩。腳部向上發育，長出壯健又對稱的左右腿。這麼長？還是再長一點？裁縫拉展皮尺，貪婪地為兒子增高，奢望如果他高一點的話，也許就能避開敵方那一刀，使左腿不用終日負傷。她一邊替兒子重建左腿，一邊溫柔地按摩左腿裡的棉花，以去除他熬受過的苦楚和辛酸。她要贖一項很大的罪，這罪源自她所謂的婚姻和《氣球婚姻》。如果她沒有意外地於《氣球婚姻》以外，生出淳這突如其來的「副產品」，這無辜的孩子便不用犧牲自己的性命，來替演藝之城懲罰她。這是她破壞劇本的設定所得的報應，可憐淳不過是這城用來教訓她的材料，用完即棄。

「演員必須歸還一切不屬於劇本以內的東西。」校訓公私分明地向裁縫討債。

花園裡不少花朵都被園丁摘了下來，收集到一個大袋中，彼此渲染芬芳清雅的香氣。園丁坐在大袋前，愁眉苦臉地逐一修剪花朵的枝節和暗刺，準備為兒子編織一個七彩繽紛的花環。枝節的粗幼和軟硬各異，要把它們分段紮成彎彎的弧度，非要仔細地左穿右插不可，一手軟便鬆散。向日葵、桔梗、繡球花和康乃馨輪流圍繞花環的圓心轉，如一道陸續露面的彩虹，茁壯無非為了哄哄園丁少傷心。他生氣的確比傷心多，為何兒子如此不堪一擊，被換走角色後便不爭氣得只懂投河自盡？即使對學校的決定忿忿不平，也不該選擇以死抗議，為難所有栽培過他的人。明明是一朵正開得燦爛的花，又沒人要把它摘下來，為甚麼它忽然枯萎得一蹶不振，還自行送命？不，花朵較他聽話，至少花朵沒有殺死自己的念頭和能力，對嗎？園丁用藤蔓綑綁花托，迫使花朵齊齊朝上，同聲附和。他翻看過兒子的劇本，裡面的間諜明說了一句「除了家鄉，無人有權奪去我的性命，連我自己也不許」，怎麼兒子竟然不忠於角色，背道而馳？是因為劇本放棄了他，所以他得如此愚笨地唱反調嗎？壞學生是要這樣當的嗎？壞兒子是要這樣當的嗎？演藝之家往後的榮耀由誰來繼承？我老了能沾誰的光？外頭的人準是以為是我對你庇蔭有加，才會把你寵壞成這樣脆弱怯懦。我身為園丁，栽培種子是我的拿手好戲，偏偏就是育不成自己親生的兒子。那我還算是及格的園丁嗎？是及格的演員和父親嗎？桔梗和康乃馨爭相擠進叢叢枝椏的空隙中，園丁看不過眼，一撥亂反正便釀得花瓣徐徐飄落，像一口口浮游的嘆息。

「媽媽⋯⋯裁縫

爸爸⋯⋯園丁」

家門前的小黑板是淳無名無姓的墓碑。

河水與世無爭，依舊純淨地沿永恆的軌道奔流不息，省得管周遭多餘的是非。水上映著一位孖辮女孩的倒影，倒影問河，為何不再映出身旁那男孩的倒影。是因為河吞噬了他？還是河本就不該映出任何卸下角色的倒影？菲實在佩服淳，兩人私下一起並肩卸角還不夠，他偏要果敢得乾脆投身河裡，讓河水把身上的角色沖得一乾二淨，還自己姓名和自由。間諜的演員姓名已換上跟菲同班的一位高個子的大名，不論對白的抑揚、肢體的協調和情緒的收放，崔主任皆對他滿意非常，拍案叫絕。菲倒嫌他的聲音太尖，雙眼老是瞪得圓滾滾，連左腿也索性不穿鞋子，廢要廢到底，看來本年度的男主角金獎，他志在必得。女孩一邊在心裡背唸劇本最後一幕的對白，一邊凝視河上的倒影。她不得不感激河始終如一，老老實實地把她的模樣呈現出來，才不像學校那樣，愛把間諜的樣子換成誰便換誰，看得她無所適從。

一片鈍石從她的掌心跳進河裡，恰巧擊中倒影上的鼻子，使她的花容瞬即潰爛，五官扭曲成調色盤上一灘雜亂的水彩。

「是爸爸啊！」女孩盯住河上那張不成人形的臉，乞求河水大發慈悲，把爸爸的破相重新黏砌起來，如破鏡重圓。為了盡早獲演藝之城送進榮休堂跟爸爸團聚，菲立定決心，得包攬未來全數的女主角金獎，誓要打破這城歷年的紀錄，成為入住榮休堂的最年輕演員，向爸爸送上驚喜。不管接下來的角色如何變幻莫測，時而擁有父親的女孩也好，時而失去父親的女孩也好，甚至好友不辭而別，通通難不倒她。畢竟只是角色而已，戲一完便告一段落，生命還長。她輕輕把玩著孖辮，忽然覺得雖然河的生命源遠流長，但它總是擔演一成不變的角色；既不會換成龍捲風，也不懂化作火山熔岩。河，到底是誰這麼懶惰，為你寫下叫人悶得發慌的劇本？水上的倒影已復原女孩的臉，她收拾心情，記熟對白，永不卸下非她莫屬的角色。

鮫在水中央 孫頻／著

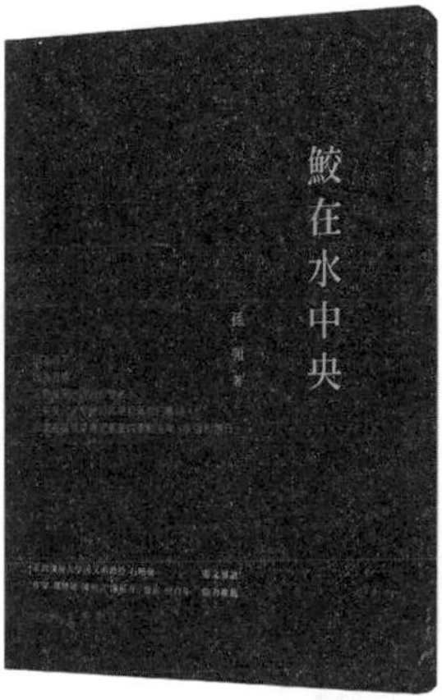

孫頻最新中篇小說作品集結
三段令人低迴不已的失序人生

不論是黑暗或苦難，只能與它共存
活著，就是與命運抗爭的存在方式

《鮫在水中央》由三篇獨立的中篇小說組成，揭露大時代下底層人物的無奈和絕望。面對生命的困頓荒誕，他們試圖與命運對抗，在黑暗中尋求稀微的光。

一個愛好文學、穿著體面的男人，他在山中的湖裡藏匿著一個巨大的祕密，罪行與愧疚隨著時間載沉載浮，他要如何救贖自己，找到一個安身立命的所在？

——〈鮫在水中央〉

辭去教職轉拍電影的大學教授，輾轉遇見一名神祕女子，在電影的拍攝過程中，一樁殺人事件的真相漸漸浮出水面。

——〈天體之詩〉

他近似病態依賴臥病在床的母親，意外從她口中得知父親的身世之謎後，他在一座廢棄妖嬈的桃園裡，希冀尋獲失去的童年。

——〈去往澳大利亞的水手〉

各界強力推薦

石曉楓｜臺灣師範大學國文系教授 專文導讀
吳鈞堯｜作家 專文推薦
陳柏言｜作家
郝譽翔｜作家
陳栢青｜作家
柯貞年｜導演

國家圖書館出版品預行編目資料

演藝之城／陳苑珊著.－－初版一刷.－－臺北市：三民，2022
面； 公分.－－（文學森林）

ISBN 978-957-14-7544-8（平裝）

863.57 111015664

文學森林
演藝之城

作　　者	陳苑珊
責任編輯	林宜穎
美術編輯	張長蓉
發 行 人	劉振強
出 版 者	三民書局股份有限公司
地　　址	臺北市復興北路 386 號 (復北門市)
	臺北市重慶南路一段 61 號 (重南門市)
電　　話	(02)25006600
網　　址	三民網路書店 https://www.sanmin.com.tw
出版日期	初版一刷 2022 年 12 月
書籍編號	S821180
I S B N	978-957-14-7544-8